weissbooks.w

Channah Trzebiner
Die Enkelin
oder Wie ich zu Pessach die vier Fragen nicht wusste

weissbooks.w

Für meine Mama, Pola Trzebiner,
eine Frau, die so reich an Emotionen ist,
wie ein Baum Blätter hat.

Mein Opa Abraham

Ich akzeptiere die, die ich bin. Ich bin glücklich, dazu in der Lage zu sein. Ich habe die Verbindung zu meinem innersten Ich jahrelang gekappt und dafür gesorgt, dass eigene Gefühle keinen Raum haben. Ich habe sie im Keim erstickt. Ich tat dies für meine Liebsten, dafür, ein Loch der Geschichte zu füllen, ein Ersatz für ermordetes Leben zu sein. Um aus einem zwei zu machen, um Verschwundene weiter leben zu lassen.

Wie hätte ich anders gekonnt. Ich heiße Channah, so wie die jüngste Schwester meiner Oma, die immer gesagt hat: »*Gib mir a schwanz fin a hering un a raiftl fin a broit, un ich bin schoin nischt mer dain mensch.*«

Meine Oma hat mir wenig über ihre Schwester erzählt. Aber wenn sie mich in ihre Arme nahm, dann nahm sie ihre kleine Schwester in die Arme und streichelte mir liebevoll über den Kopf: »*Channele, Chanischi, ma taires maidele.*«

Wer sonst hätte ich sein können, wenn nicht Channele aus dem *staitl*, ein Mädchen, das genügsam und bescheiden ist, und glücklich über *a stikl kichn*.

Wenn meine Großeltern mich ansahen, müssen sie andere gesehen haben. Meine Person war nicht von Bedeutung. Ich war ein Beweis dafür, dass es andere gegeben hat. Kinder, Ehepartner, Mütter, Väter, Brüder und Schwestern.

Wie hätten sie mich denn unbedingt lieben können? Mein Opa sagte: »*Daine hur sind glach zi di hur fin mainem sin.*«

Wie sein Sohn vor dem Krieg hieß, wie alt er war, als er, auf einem Bein hüpfend, mit seiner hochschwangeren Mama vor den Augen meines Opas in die Gaskammer getrieben wurde, das weiß ich nicht. Als ich einmal all meinen Mut zusammennahm und meinen Opa danach fragte, sagte er: »*Wus sol ich dir sugn, ale senen a wek, ale senen farbrent worn. Ganze mentschn senen gegangen ins faier.*«

Er schaute dann in den Himmel. Vermutlich sah er den dunklen Rauch der Krematorien.

Über seine geliebte Frau und seinen Sohn konnte Opa nicht reden. Lediglich über seinen Hund Nero hat er gesprochen. Das war für mich logisch, über den Verlust eines Hundes kann man hinwegkommen, nicht jedoch über den Tod des eigenen Kindes, der eigenen Frau. »*Dus hintl hobn sei erschosen, als ich bin gewein arbeitn.*«

Dus hintl ist eine der wenigen Verbindungen, die mein Opa zu meinem realen Leben aufbauen konnte. Nach dem Tod meines Vaters bat ich meine Mutter, mir einen Hund zu kaufen, der die Stille und die Trauer in unserem Haus vertreiben sollte. Obwohl meine Mama Hunde abgrundtief hasste, konnte sie sich nicht gegen mein Antitrauerprogramm wehren und gab schließlich nach. Ich nannte den Hund, der eine Hündin war, Joy, Freude, und das war sie dann auch für uns alle.

Manchmal denke ich, dass sich die Traurigkeit meiner Familie in dem kleinen Hund ausgebreitet hat. Auch Joy war den

Anfällen meiner Familie ausgesetzt und wusste nie, ob Opa ihr mit Freude, unendlicher Liebe oder einem Satz Prügel begegnete. Manchmal saßen wir am Tisch, und Opa schlug Joy einfach so auf den Kopf oder trat nach ihr.

Er beugte sich zu ihr und schrie: »*Du miser hint, farbrent solst de werdn. Wer hot dich gebrocht?*«

Ich schrie: »Opa, nicht, bitte mach das nicht.« Als meine Stimme ihn nach einer für mich endlosen Zeit erreichte, sagte er: »*Schoin git, her schoin oif zu schraien. Wiefil hot der hint gekost? A majontek? Farkoif deim kenst dir koifn epes anders.*«

Joy verzog sich mit eingezogenem Schwanz in eine Ecke. Irgendwann war Joys Schwanz immer eingeknickt, und ich hatte Schuldgefühle und versuchte, sie besonders gut zu behandeln. Ich weiß noch, dass ich damals dachte, ich würde, wenn ich einmal Kinder hätte, sie nicht bei Opa lassen. Wer weiß, wie sich sein Verhalten auf ihr Selbstbewusstsein auswirken würde.

Joy war ein jüdischer Hund. Sie war das Gegenteil vom Deutschen Schäferhund, der meine Oma beim Appell hetzte. Wenn es regnete, ging sie nicht vor die Tür. Sie weigerte sich, bei starkem Wind nach draußen zu gehen, und vor großen Gegenständen machte sie einen weiten Bogen.

Opas Wutausbrüche kamen aus heiterem Himmel, sie waren nicht vorhersehbar. Als Kind versuchte ich, seine Stimmung schon abzuschätzen, wenn ich zur Tür hereinkam. Meistens war er voller Freude, mich zu sehen: »*Channele, Channele, kim no, setz dich du a nider zi mir. Wus host de hunt gemacht?*«

Heute denke ich, es war naiv und dumm, mich jedes Mal von der Wärme, die Opa mir immer wieder entgegenbrachte, beruhigen zu lassen. Beruhigt war ich jedes Mal, da von der Zerstörung, der Traurigkeit und der Wut des letzten Besuchs nichts übrig geblieben schien. Ich habe mich immer wieder gefreut, ihn zu sehen. Die Hoffnung, dass es einmal ohne Streit ablaufen könnte, versiegte auch nach jahrelanger Erfahrung des Gegenteils nicht. Ich zweifelte auch nicht an Opas Liebe zu mir. Niemals! Auch nicht, wenn er meinen Hund trat, um mich zu treffen, weil er die Idylle des Kindes, das unbeschwert mit seinem Hund spielt, zerstören musste.

Ich erkläre mir sein Verhalten so, dass er mich in Momenten des Glücks und der Ruhe überfallen musste, weil er es nicht ertragen konnte, dass ich so seelenruhig ein kindgerechtes Leben führte. Seinem Kind war das Recht auf Leben abgesprochen worden. Das ungeborene Kind hatte noch nicht einmal das Licht der Welt erblicken dürfen. Sein Sohn hatte soeben laufen gelernt, nur um auf eigenen Beinen ins Gas zu gehen. Kind sein, glücklich sein, unbefangen sein, das waren für Opa Zeichen größter Dummheit. Wenn ich lachte, fragte er mich: *»Wus lachst di, narisch kind?«*

Es schwang in diesen Momenten so viel in seiner Stimme mit. Verachtung, Empörung – sogar Verrat. Der Unterschied zwischen uns stand dann einfach im Raum, denke ich. Ich hatte etwas zu lachen, aber Opa lebte in einer Welt, in der es nichts zu lachen gab. Wenn ich lachte, verriet ich ihn. Ich lernte, heimlich zu lachen, und mein Hund lernte, schnell zur Seite zu springen, wenn Opa handgreiflich wurde.

Sich nicht ständig der Gefahr bewusst zu sein, dass einem der Tod hinterrücks, heimtückisch und grausam begegnen kann, war für ihn dumm – mehr als dumm. Opa, und da bin ich mir sicher, hatte nur überlebt, weil er so schlau wie ein

Fuchs war und ihm von Natur aus die körperliche Stärke für alle Hunger- und Ausrottungsstrapazen gegeben war.

Eine tiefere Bewusstseinsebene muss meinen Ärger und meine Verletzung verdrängt haben, sodass ich Opas Wutausbrüchen Raum geben konnte. Ich denke, dass ich irgendwo tief in meinem Inneren verstand, warum er diese Anfälle hatte. Gerade dann, wenn es am schönsten war, musste Opa die Stimmung zerstören.

Die Suche nach »Schlechte-Laune-Anzeichen« zu Beginn meines Besuches war daher sinnlos.

Hatte Opa einen guten Tag, gestattete er meinem Hund, im Restaurant mit am Tisch zu essen, und fütterte ihn mit der Gabel. Unter normalen Umständen hätte ich dies als abscheulich empfunden, doch es waren die einzigen Momente, in denen mein Opa unbeschwert mit uns lachte.

Lachen gab es sonst nicht zu Hause. Wenn Freunde zu mir kamen, hatten sie oft Angst vor der Stille in unserem Haus.

Lange Zeit dachte ich, etwas würde mit mir und meiner Familie nicht stimmen. Ich habe die Mitglieder meiner Familie schon immer als unfreie, verängstigte Menschen wahrgenommen.

Mein kindlicher Verstand versuchte, den reich gedeckten Schabbattisch, das edel eingerichtete Haus in Einklang mit den vorherrschenden Emotionen zu bringen. Objektiv war doch alles da, es gab reichlich Essen, wir hatten ein schönes Zuhause, und doch waren da diese Extreme. Das, was ich sah, ein wohlgeordnetes bürgerliches Leben, war einfach nicht kongruent mit den Verhaltensweisen meiner Familie. Entweder es herrschte Stille, oder man stritt fürchterlich über Nichtigkeiten.

Immer wieder verglich ich meine Familienstruktur mit

anderen Familienstrukturen und konnte keinen Unterschied erkennen. Ich hatte doch alles – Mutter, Vater, Schwester und sogar ein Haus mit Garten.

Wieso die Stimmung in unseren vier Wänden so abrupt wechselte, konnte ich mir nicht erklären. Ich fühlte Unbehagen, wenn ich neue Freunde zu mir nach Hause einlud. Ich wusste nicht, wieso, ich spürte nur, dass es bei uns anders war als in anderen Familien. Neue Freunde waren die Mitschüler der staatlichen Schule.

Bei alten Freunden, denen, die ich seit meiner Geburt, aus dem jüdischen Kindergarten, aus der jüdischen Schule kannte, war das anders. Ich wusste, dass Mama sich freute, wenn sie mit mir nach Hause kamen. Mehr noch, Mama war ruhiger, wenn ich jüdische Freunde um mich hatte.

Bei uns hatte man leise zu sein. Es wäre mir nie in den Sinn gekommen, laut durch das Haus zu toben, Fangen zu spielen oder wild im Garten herumzurennen. Im Nachhinein frage ich mich oft, ob ich ein lethargisches, lahmes Kind war, doch das war ich natürlich nicht. Ich liebte wie jedes kleine Mädchen Musik, Ballett und die rosafarbenen Tutus.

Ich dachte, meine Großeltern, meine Mama und meine Tante hätten Depressionen. Ich hatte Angst davor, dass sie mich anstecken würden mit ihrer Traurigkeit. Oft saßen sie abwesend und stumm neben mir, und ich wusste nicht, wieso sie nichts sagten. Ich dachte, mir würde ein schreckliches Geheimnis vorenthalten. Vielleicht drohte uns eine Umweltkatastrophe oder eine genetische Krankheit, und sie wollten mich schonen und sprachen deswegen nicht viel. Ich wusste nicht, was es war, ich wusste nur, dass uns – der ganzen Familie – eine Katastrophe unausweichlich bevorstand.

Ich hatte Angst, lange mit ihnen in einem Raum zu bleiben, weil ich sonst auch ein Mensch werden würde, der keine Freude empfindet. Aber als ich das dachte, schämte ich mich gleich dafür und malte mir aus, wie hoch die Schmerzgrenze wäre, die ich in Kauf nähme, um meine Familie glücklich zu sehen.

Ich überlegte, ob ich dafür Kot essen würde, ob ich mir einen Arm abschlagen ließe, beide Arme, beide Beine? Ich würde alles tun, um sie lachen zu sehen. Sterben auch? Natürlich auch sterben.

Damit war ich zufrieden. Ich verrate euch nicht, ich leide mit euch. Wenn dies das unsichtbare Band zwischen uns ist, bin ich eine von euch. Ich kann ja ab und an lachen – heimlich, für mich, es muss nicht mit euch sein, nicht vor euch, schon gut, ich gehe mit euch den ganzen Weg.

Wenn ich eine besonders gute Note in der Schule geschrieben hatte, erzählte ich das meinem Opa. Meistens sagte er dann: »*A glik hot mich getrofn.*« Wenn ich mich während des Schabbats in meine Bücher flüchtete, um der Stille zu entkommen, fragte er: »*Wifil ken a mentsch leisn, far wus gaist di nischt arbeitn?*«

Ich war dreizehn und wusste nicht, was ich ihm hätte entgegnen können. Papa starb, als ich elf war. Danach war mein Opa das einzige männliche Familienmitglied. Ich verbrachte viel Zeit mit ihm, und so prägte er mich wie ein Vater.

Meine Großeltern waren nach dem Krieg nie richtig sesshaft in einem Land geworden. Sie pendelten die meiste Zeit ihres Lebens zwischen Israel und Deutschland hin und her. Sobald sie in Deutschland waren, wollte meine Oma zurück in das Heimatland unseres Volkes. Ich glaube, sie schämte sich, als Jüdin hier in Deutschland zu sein. Es kam ihr wohl einfach nicht gesund vor, in einem Land zu leben, das ihr alles genommen hatte. Waren sie in Israel angekommen, schimpften sie, Israel sei nur dafür gut, Wäsche zu trocknen. Mein Opa vermisste das gute deutsche Brot und den Nescafé.

In meiner frühesten Kindheit flogen wir in den langen Sommerferien nach Tel Aviv, um meine Großeltern zu besuchen. Die Koffer voll mit Brot, Kaffee und Nivea-Seife.

Tel Aviv

Mein Vater blieb in Frankfurt, er musste arbeiten. Heute denke ich, dass er bewusst nicht oft mit uns nach Israel gefahren ist. Wahrscheinlich wollte er nicht mit ansehen, wie meine Mutter sich in die Mutter ihrer Eltern verwandelt.

Mamas Schwester Rachel arbeitete im Weizmann-Institut in Rechovot. Oma, Opa und Rachel empfingen uns am Flughafen. Das heißt, Rachel stand in der Ankunftshalle, und Oma und Opa warteten im Auto.

Bei dreißig Grad Hitze hieß Oma meine Schwester Zoé und mich mit einer heißen Kanne Kamillentee und Butterplätzchen willkommen. Oma gab uns keinen Kuss zur Begrüßung. Sie saß in dem Auto und wartete ungeduldig darauf, uns mit Bergen von Trauben, Plätzchen und Bananen zu versorgen. Widerrede war zwecklos, wir mussten alles essen, haufenweise.

Die Verbindung zwischen meinen Großeltern, Mama und Rachel war so mächtig, dass es keinen Raum für mich und Zoé gab. Auch die Umwelt, das Wetter, die Politik, die städtebauliche Entwicklung Israels, alles, was normale Touristen interessierte, war ohne Belang. Wichtig war allein, dass Mamas Eltern und ihre Schwester Mama wiederhatten. Sie nahmen sie vollkommen in Beschlag. Am Tel Aviver Flughafen verlor ich meine Mutter, und ich wusste, dass Zoé und ich ab jetzt auf uns allein gestellt waren.

Meine ersten Erinnerungen habe ich an Israel, als ich circa vier war und Zoé zehn. Zoé war als Ältere schon ab und zu alleine draußen, um mit den Nachbarskindern zu spielen. Ich hingegen war zu klein und musste den ganzen Tag in der Wohnung bleiben. Spielsachen gab es nicht. So dachte ich mir Spiele aus, um Oma und Opa zu unterhalten, die ich mir als edle Gesellschaft dachte.

Ich zog mein schönstes Kleid an und servierte beiden eine Nana-Limonade, in der Hoffnung, dass sich ein Gespräch ergeben würde. Opa schaute durch mich hindurch und sagte: *»Gai a wek ich mis gikn televisia.«*

Jeden Morgen um sechs weckte Opa mich, um mit mir auf den *schuk*, den Markt in der Altstadt von Tel Aviv, zu gehen. Er sagte: *»Kim, Chanischi, me werdn gaien sichn dus letzte einhorn.«*

Ich war todmüde, aber das letzte Einhorn zu finden, war natürlich das Zauberwort. Ich weiß nicht, woher Opa das wusste, aber für ein Zauberpferd wäre ich wirklich meilenweit gelaufen. Ich war also hellwach, putzte mir schnell die Zähne und wollte rausstürmen, als Opa mich aufhielt: *»Koidem mist di epes esn un trinken.«*

Vor mir standen drei Gläser Milch und ein riesiger Teller, auf dem sich gebratene Zwiebeln türmten. Mir wurde schlecht. Wie sollte ich das nur runterbekommen?

Ich versuchte zu verhandeln: *»Opa ich wer trinken ein glus milech, jo?«*

Opa, entsetzt: *»Wus redst di, narisch kind? Host nischt gehert, wus hot pasiert in Tschernobyl?«*

Mit meinen vier Jahren wusste ich natürlich nicht, was in Tschernobyl passiert war.

Ich: »*Nein, wus hot pasirt in Tschernobyl?*«

Opa: »*Di weist nischt, wus hot pasirt?*«

Ich: »*Nein?*«

Opa: »*Wus lernst di in der schul?*«

Ich: »*Ich bin doch nuch nischt in der schul.*«

Opa: »*Sch, sch, trink da milech. A miser kindergartn, in dreid mit deim ganzn jekeland.*«

Ich: »*Aber wus hot den pasirt?*«

Opa: »*Es is gewein a grois balagan mit a reaktor.*«

Ich: »*Wus is dus?*«

Opa: »*Oi, wus meinst, wer ich bin, a chemiker? Wot ich gewein a chemiker, wot ich gehobt an apotaik.*«

Ich: »*Ich farstei nischt.*«

Opa: »*Mach ka kinzn, trink di milech.*«

Es hatte keinen Sinn, ich musste trinken.

Opa: »*Wen du wirst nischt sain lib, wird kimen der gubenuar.*«

Ich aß brav auf, und wir machten uns auf den Weg zum *schuk*. Opa lief schnell, marschierte mehr, als dass er ging. Er fiel in einen Lauftrab. Er ließ meine Hand nicht los und zerquetschte sie fast mit seiner Stärke. Wenn ich zu langsam ging, sagte er: »*Chipke, chipke!*« Oder er brüllte so laut »Achtung«, dass alle sich nach uns umdrehten.

Wir liefen die Ben-Yehuda-Straße runter und gingen an meinem Lieblingsladen mit den Hundebabys vorbei. Ich sagte: »Opa, warte, vielleicht ist hier das Einhorn drin.«

Opa: »*A einhorn?*«

Ich: »*Opa, di host gesugt, me wern sichn dus letzte einhorn.*«

Opa: »*Dus einhorn wird san oifm schuk.*«

Ich: »*Wus soll an einhorn oifm schuk?*«

Opa: »*Wus wilst di oifm schuk?*«

Ich: »*Gur nischt, di wilst gain oifm schuk.*«

Opa: »*Channele, di weist, wus is a polizei?*«

Ich: »*Jo, Opa.*«

Opa: »*Wen di wirst mich fraign noch a mul weign deim einhorn, wer ich riefn di polizei. Sei werdn dich abhoiln.*«

Ich schwieg, bis wir auf dem Markt angekommen waren. Dort angekommen, veränderte Opa seine Haltung. Er spannte seine Muskeln an und hielt Ausschau. Er zerrte mich vorbei an den würzigen Gemüseständen auf den Teil des Marktes, wo es frische Hühner gab. Es stank schrecklich nach Fleisch und Blut. Opa ließ sich viel Zeit beim Aussuchen des Vogels. Die Hühner wurden bei lebendigem Leibe gerupft, und ich konnte nicht hinsehen, wie sie kämpften und schrien.

Wenn Kinder keine Vegetarier oder Greenpeace-Anhänger werden sollen, dann wäre es empfehlenswert, solche Situationen in früher Kindheit zu vermeiden.

Opa kaufte ein Tier, wobei er den Verkäufer mit dem Preis auf ein Minimum drückte. Dann ging es zum Gemüse. Opa führte mich im Nacken oder an der Schulter vor sich her. Er suchte sich den Stand mit dem meisten Betrieb aus. Ich mochte diesen Griff nicht, aber wenn ich nicht gehorchte, drohte er mir mit der Faust, sodass ich es vorzog, vor ihm herzulaufen. Dabei fürchtete ich mich nie vor Opa, er hätte mich nie geschlagen, aber er wollte sich einfach nicht mit meinen kindlichen Wünschen auseinandersetzen. Opas Leben war auf das Essenzielle, Notwendigste reduziert. Geld verdienen und essen. Für mehr reichte die Kraft nicht mehr. Für Erklärungen an ein vierjähriges Mädchen schon gar nicht.

Er signalisierte mir, dass er nun einen wichtigen Auftrag erfüllen müsse, bei dem ich ihn nicht stören dürfe, sondern ihm behilflich sein solle. Sorgfältig suchte er das Obst und Gemüse aus. Er steckte mir Zitronen, Aprikosen und Kräuter in die Hosentaschen. Bei der Kasse angekommen, setzte er mich auf seinen Trolli, der bereits voll mit Essen war. Er bezahlte die Tüten, die er in der Hand hatte. *»Opa, wir misn dus auchet bezuln.«*

Er drohte mir erneut und fragte: *»Sol ich rifn di polizei?«*

Ich hielt den Mund, und so zogen wir von Stand zu Stand. Auf dem Rückweg besserte sich Opas Laune. Er war höchst zufrieden mit seiner Beute und wurde nun richtig zugänglich und zärtlich. Er sagte: *»Ietzt wern me kochn a gite joiech.«*

Über die Jahre wurde ich eine perfekte Diebin. Opas Gefühl, einen rechtmäßigen Anspruch auf Essen zu haben, übertrug sich auf mich. Opa hatte kein Unrechtsbewusstsein. Auschwitz war nun mal keine Besserungsanstalt – manche meinen das ja. Man hatte ihm so vieles genommen, was waren da schon ein paar Bananen und Äpfel? Ich klaute nicht oft, aber wenn es an etwas fehlte, nahm ich es mir einfach. Vorwiegend klaute ich Schminke. Ich war jetzt zwölf, aber bekam kein Taschengeld, weshalb ich mir nichts Eigenes leisten konnte. Mama um Geld für Schminke zu bitten, hätte ich mich nie getraut. Ich bin mit Kindern von Millionären aufgewachsen – und obwohl ich mir nicht viel aus Geld machte, wollte ich bei manchen Punkten einfach mithalten können. Also organisierte ich mir die Produkte, die mir fehlten. Ein schlechtes Gewissen hatte ich dabei nicht.

Opa sagte dazu: *»Gik no der potz hat a soi fiel wus kratz jenem, wenn ich nehm a bissele. Shat nischt.«* Wäre ich nach einer langen Erfolgssträhne nicht erwischt worden, weiß ich nicht, ob ich jemals aufgehört hätte zu stehlen. Opa klaute wenigstens nur Essen. Ich stahl oberflächliche Mädchensachen, und so piepste es, als ich aus dem Laden ging. Da ich unschuldig aussah, traute ich mich, dem Ladenbesitzer eine Lüge nach der anderen aufzutischen. Dass ich die Produkte in einer anderen Filiale gekauft hätte, sie sollten doch dort die Kassenrolle kontrollieren. Ich stritt alles ab, ich konnte mich nicht mit meiner Rolle als Diebin identifizieren. Schließlich musste Mama kommen. Sie fragte mich, ob ich die Sachen geklaut hätte, und ich bejahte. Da ich unter vierzehn war, drohte mir zum Glück keine Strafe. Ich dachte, ich würde ein Donnerwetter von Mama zu hören bekommen. Mir war alles unwichtig, nur Mama wollte ich auf keinen Fall enttäuschen.

Sie aber blieb seelenruhig und fragte, wieso ich das getan hatte. Ich sagte ihr, dass ich kein Geld hätte und dass ich Beautyprodukte liebte. Mama sagte, wenn ich ihr verspreche, dass dies nie wieder vorkomme, sei alles in Ordnung. Dann gingen wir das erste Mal seit Papas Tod zu zweit ein Eis essen. In wirklich wesentlichen Situationen reagiert sie wie ein Engel.

Ich war unglaublich erleichtert über Mamas Reaktion. Ich schwor mir selbst, nie wieder so etwas zu tun, und habe seit damals nie mehr etwas organisiert.

Opa und die Schokolade

Anna ist die Pflegerin meines Opas. Sie soll sich um den Haushalt kümmern. Sie putzt nicht gerne, sie kocht auch nicht gerne. Dafür geht sie gerne mit Opa zu LH. LH ist der HL auf der Bergerstraße. In hebräischen Gebetsbüchern liest man von rechts nach links und nicht von links nach rechts. Deswegen heißt der HL für Opa LH.

Bei LH gibt es keine Kamera. Das wissen Anna und Opa. Anna ist sehr breit und zieht sich ein Kleid mit vielen Taschen an. In die Taschen steckt sie zur Hälfte Wurst, und in die andere Hälfte muss sie für Opa was einstecken, sonst darf sie nicht mehr mit ihm zu LH.

Ach ja, Lesen und Schreiben. Wenn Mama Opa einen Antrag oder einen Vertrag unterzeichnen ließ, schrieb Opa die Buchstaben einzeln auf und verband sie hinterher zu einem ganzen Wort. Dann schaute er mich zufrieden an und fragte voller Stolz: »*Soll ich nuch epes schraibn?*«

Irgendwann fragte ich ihn: »*Opa, bist di nischt gewein in a schul?*«

»*Awade bin ich gewein in a schul.*«

»*Wi lang?*«, fragte ich.

»*Ich weis? Bastimt a ganz jur. Bis ich bin gewein sibn.*«

»Far wus bist di nischt geblibn lenger?«

»Es is gekimen emezn hot geschlugn ma brider. Denuchtem hob ich im gegeibn a trenn in dreid. Dus is gewein der sin von deim direktor. Denuchtem wolt ich nischt mer gain.«

»Un dein brider?«

»Meir, is gegangen.«

»Wus host di gemacht?«

»Ich hob gehandlt.«

»Mit wus?«

»Oi, Channele, mit alem, wus is du gewein.«

»Mit wus?«

»A mul mit epeln, a mul mit eiern.«

»Fin wanet host di gehobt die sachn?«

»Fin dem hoif fin meine eltern.«

»Wen ich hob gemacht a gitn toisch, a git gescheft, hob ich bakumen a bisl gelt. Fin dem hob ich gekent koifn nuch a hin oder a kose.«

»Kim, Chanischi, ich werd dir epes geiben.« Ich wusste, was jetzt folgte. Opa und Anna führten mich stolz in Opas Schlafzimmer. Er holte seinen Schlüssel zum Kleiderschrank raus, den er immer verschlossen hielt. Der Schrank war zur Hälfte gefüllt mit Kleidern, die andere Hälfte war voll mit Essen. Eine ganze Schublade gehörte mir, denn sie war voll mit Schokoladentafeln. Opa konnte keine Schokolade essen, weil er Diabetes hatte. Anna gehörte eine halbe Schublade. Sie enthielt ausschließlich Wurst, die Anna an ihre Enkel in ein polnisches Dorf verschickte. Ich fragte mich, ob das der Unterschied zwischen den Polen und den Juden war. Wir brauchen Schokolade für die Nerven und sie Wurst, um die kalten Winter mit ausreichend Fett zu überstehen.

Es lagen mindestens immer um die sechzig Tafeln in meiner Schublade. Ich durfte mir immer zwei aussuchen. »*Welche wilst di nemen?*«

Ich zeigte dann meistens auf die Kinderschokolade, und Opa überreichte sie mir feierlich, als handelte es sich um einen kostbaren Schatz. Irgendwie war es das auch für mich. Ich wusste, was an der Schokolade hing. Ich wusste, dass er das erste Drittel des Lebens zu arm gewesen war, um sich Schokolade leisten zu können, die Mitte seines Lebens hatte er in Gettos und in Auschwitz verbracht, und das letzte Drittel seines Lebens hatte er so viel gegessen, um den Hunger zu stillen, der nie aufhörte, dass er Zucker bekommen hatte und daher auf alle Süßigkeiten verzichten musste. Deswegen wollte er, dass ich die Schokolade genießen konnte.

Opa war ein treu sorgender Ehemann. In den zwölf Jahren, in denen meine Oma Alzheimer hatte, zeigte sich sein ganzer Respekt, seine ganze Liebe zu seiner Frau. Trotz ihrer geistigen Abwesenheit sprach er mit ihr so wie früher, als sie bei klarem Verstand war. Er kochte Omas Lieblingsspeisen und kaufte ihr Kleider, die sie geliebt hätte. Bunte blumige Kleider mit tiefem Ausschnitt.

Opa hütete sie Tag für Tag. Er machte keinen Unterschied, ob Oma krank oder gesund war. Das alles hatte nichts damit zu tun, dass er Omas Pflegerinnen mal an den Po oder an den Busen griff. Wenn wir nicht hinschauten, küsste er die jeweilige Pflegerin auf den Mund. Am liebsten die dickliche Anna, mit der er regelmäßig einkaufen ging. Opa sah anderen Frauen so selbstverständlich hinterher und herzte den jeweiligen Körperteil, der ihm gerade ins Auge stach, dass mir das in der jeweiligen Situation ganz normal vorkam.

Sogar einige von Mamas Freundinnen, die regelmäßig mit uns Schabbat feierten, wurden von ihm überrascht, gepackt und geküsst. Nach einiger Zeit küssten sie ihn verstohlen und mädchenhaft sogar freiwillig auf den Mund. Opa war irgendwie der Pate, er nahm sich, was er brauchte. Er nahm es sich so selbstverständlich und ohne Diskussion, dass keiner sein Verhalten je anzweifelte.

Opa kategorisierte meine Freundinnen in die *grobe* (die Dicke), die *dare* (die Dünne), die *mise* (die Hässliche). Ich glaube, mehr als ihren Körper hat er nicht gesehen.

Sommer in little old Yaffa

Ich war fünfzehn, als ich mit Zoé und Mama einen weiteren Sommer in Israel verbrachte. Bevor wir meine Tante und meinen Opa besuchten, flogen wir erst nach Eilat und gönnten uns einen »Erlebnisurlaub« zu dritt.

Es waren jetzt vier Jahre seit Papas Tod vergangen. In Eilat ritten wir auf Kamelen in der Wüste, gingen ins Unterwassermuseum, und ab und zu aßen wir sogar zwei Mahlzeiten zusammen. Manchmal strich Mama sich über den Bauch, als hätte sie Schmerzen. Wenn ich sie darauf ansprach, wedelte sie abwehrend mit der Hand: »Es ist nichts.« Wir waren glücklich, und die Sonne wärmte unsere Knochen.

Nach vier Tagen Eilat flogen wir nach Tel Aviv zu Rachel.

Nachdem meine Tante und mein Opa das sechste Mal von Deutschland nach Israel gezogen waren, wollte Rachel die Wohnung in Tel Aviv endlich modernisieren. Opa war in Deutschland geblieben.

Dieses Projekt sollte sehr lange andauern.

Rachel ließ die Wohnung komplett umbauen. Sie hatte bei den Großeltern meiner Freunde einen Marmorboden gesehen, der jetzt unbedingt in der Diele verlegt werden musste.

Mama wusste wahrscheinlich, in welchem Zustand sich die

Wohnung befand. Wir wohnten nicht in der Wohnung, sondern im Carlton Hotel. Das war ein völlig neues Gefühl für mich. Ich hatte mich sonst in Israel zu Hause gefühlt. Jetzt war ich eher eine Touristin.

Ohne Frühstück, ohne uns einzucremen, und nach einigen Zigaretten brachen Mama, Zoé und ich zu Rachels Wohnung auf. Mama nahm ein paar Advil wegen angeblicher Kopfschmerzen. Ich wusste, sie hatte Magenschmerzen.

Wir gingen von der Ben-Yehuda-Straße aus auf die Wohnung meiner Großeltern zu. Es war sehr heiß an diesem Tag. Es wurde für heute Chamsim, der Wüstenwind, angekündigt. Schon vor zehn Uhr waren es dreißig Grad. Ich freute mich darauf, meine Tante wiederzusehen.

Um an die Klingel der Haustür zu kommen, muss man um das Haus herumlaufen. Dabei fiel mir auf, dass die *Trisim*, die Rollläden, zugezogen waren. Die Rollläden in Israel sind dünner als in Deutschland und werden außen angebracht.

Einige der Rollläden fehlten, und blaue Mülltüten wehten als drohende Vorboten im Takt des Windes. Wir klingelten. Rachel kam uns strahlend entgegen. Wir umarmten uns und stiegen die letzten Treppen zur Wohnung hoch.

Staub schlug mir entgegen. Die Wohnung glich einer Ruine nach einem Bombenangriff. Es gab keine Möbel in der Wohnung, die Tapete war bis auf den Putz entfernt worden. Ein in Plastik eingewickelter Stuhl stand in der Mitte des Raumes. Vor dem Stuhl stand eine Kaffeedose. Auf der Kaffeedose lag eine bis ans Ende verglühte Zigarette, deren Asche sich zu einem mindestens fünf Zentimeter langen Bogen geformt hatte. Daneben brannte eine Zigarette, die nur zur Hälfte mit Tabak gefüllt war. Eine weitere Zigarette hatte meine Tante zwischen den Fingern. Ansonsten befand sich niemand in der Wohnung.

Ich suchte das Schlafzimmer. Intuitiv suchte ich einen Raum, in dem man geborgen war. Rachel konnte doch unmöglich hier wohnen. Was war schlecht an der alten Tapete? Was war schlecht am alten Boden?

Endlich fand ich das Schlafzimmer. Hier sah es auch so aus. Rachels Bett stand als einziger Farbmoment in der staubigen Wohnung. Die alte Tapete hing in Fetzen von der Wand. Neben dem Bett stand eine Kaffeetasse. Mir war, als hätte ich mich in die »Mila 18«, einem Roman über das Leben einer jüdischen Widerstandsgruppe im Warschauer Getto, verirrt.

Ich ging zurück in den Salon. Ich starrte wieder auf die zwei Zigaretten, von denen eine noch qualmte. Der Aschebogen faszinierte mich. Ich stampfte mit dem Fuß auf. Der Aschebogen der Zigarette fiel auseinander. Ich hörte noch, wie meine Mutter Rachel Vorwürfe über den Zustand der Wohnung machte. Rachel, wo hast du gegessen, wo hast du dich gewaschen? Wieso hast du alles auf einmal in Auftrag gegeben?

Dann wurde es dunkel, und ich kippte vornüber auf den mit Plastik umhüllten Stuhl. Mein Kopf landete im zerfallenen Aschebogen.

Als ich aufwachte, stand Zoé an meinen Füßen. Sie hatte meine Beine hochgelegt. »Alles in Ordnung, *schonkheit?*«

Zoé sah aus wie eine Hollywoodschauspielerin. Wenn ich mit ihr unterwegs war, zahlten wir nie Eintritt, wir zahlten auch nie Getränke, Zoé bekam überall einen Tisch.

Am Abend zuvor waren wir mit einer großen Gruppe jüdischer Freunde aus Deutschland ausgegangen. Wir waren um die zwanzig Leute. Das Yotvatah-Restaurant, in das wir wollten, war völlig überfüllt. Alle waren genervt, weil es keine Aussicht gab, irgendwo auf der Tel Aviver Promenade gemeinsam Abendbrot essen zu können.

Zoé ging zu dem Manager des überfüllten Yotvatah-Restaurants. Sie redete eine Minute mit ihm. Dann lächelte sie in die Runde und rief: »Jalah Chevre, kommt schon, wir können rein.«

Wenn Zoé in meiner Nähe war, wurde ich übersehen, aber ihre ganze Aura war so liebevoll, harmonisch und positiv, dass ein Gefühl der Eifersucht nicht aufkam.

Wenn wir am Strand entlangliefen, schauten ihr die Männer nicht nur hinterher, sie machten uns auch Platz, als wäre Zoé eine Königin. Ich platzte dann fast vor Stolz, neben ihr zu gehen.

»Gehts dir besser?«, fragte sie.

»Ja«, sagte ich, »ich bleibe noch kurz hier liegen.«

Jeder, der Zoé kannte, hatte etwas über sie zu sagen. Da wir auf die gleiche Schule gingen, hatten wir oft die gleichen Lehrer. Die Mathe-, Physik- und Biologielehrer hatten eine sehr hohe Meinung von Zoés Begabungen. Wenn sie unseren Nachnamen auf der Klassenliste lasen, freuten sie sich und fragten, wie es meiner Schwester ginge. »Ein außerordentliches Talent, Ihre Schwester.«

Zoé hatte meine Beine hochgelegt. »Alles in Ordnung, *schonkheit?*«

Als ich nach einigen Minuten wieder bei mir war, lachte Mama. »Was ist so witzig?«, fragte ich.

»Nichts. Du hast wahrscheinlich zu viel Sonne abbekommen. Du bist sehr empfindlich. So wie Papi.« Ich fragte mich, ob ich wirklich so empfindlich war.

Später bekam Mama, als sie gerade die Wohnung putzte, einen Magenkrampf. Sie konnte sich kaum auf den Beinen halten. Zum Glück kannten wir genügend Ärzte in Tel Aviv.

Einer ihrer ehemaligen Studienfreunde untersuchte Mami. Sie hatte ein Myom und musste noch am gleichen Tag notoperiert werden. Zoé und mich wollte sie im Krankenhaus nicht dabeihaben. Ich fühlte mich erschlagen und einsam.

Abends ging ich mit einer Freundin, die seit dem Golfkrieg in Tel Aviv wohnte, etwas trinken. Danny, mein nach England verzogener Schulfreund, ging auch mit. Wir fuhren nach Yaffa.

Yaffa ist das alte Tel Aviv – eine uralte Hafenstadt mit arabischem Flair. Die kleine Stadt ist berühmt für ihren biblischen Bezug zum Propheten Jona. Jona kommt im Judentum, im Koran und in der Bibel vor. Als Kind mochte ich die Geschichte sehr. Dass ein Wal Jona verschluckt und auf G ttesbefehl wieder ausgespuckt haben soll, fand ich faszinierend. Ich stellte mir vor, dass der »Jonawal« vor Yaffas Küste im Meer wohnte.

Ich war froh, mit meinen Freunden nach Yaffa fahren zu können. Meistens machten wir dort einen Abstecher zu Abulafia, einem berühmten arabischen Stehrestaurant mit köstlichen Backwaren und anderen Spezialitäten. Dieses Mal fuhren wir zu einem Lokal, in dem es Malaauch (eine Art arabisches Pizzabrot) mit frischen Tomaten gab.

Das Restaurant lag in einer alten malerischen Gasse direkt am Hafen. Wir saßen auf dem Boden und bestellten eine Wasserpfeife mit Apfelgeschmack, die wir im Kreis rumgehen ließen. Meine Hauptbeschäftigung an diesem Abend bestand darin, einen Rauchring durch den anderen durchfliegen zu lassen. Ich konnte wunderschöne Rauchringe blasen. Fast so schön wie die der unschuldigen blauen Raupe bei Alice im Wunderland.

Ich fühlte mich gut, weil Danny neben mir saß. Danny hatte einen siebten Sinn für meine Familiendramen. Er fragte mich aber nie danach, und ich war ihm dankbar dafür. Nily, meine Freundin, hatte ihren Freund und noch ein paar Jungs mitgenommen. Einer fixierte mich unentwegt, und bald schon wirkte seine Aufmerksamkeit wie ein warmer Mantel auf mich.

Es war nicht er persönlich – er war nur ein Symbol dafür, dass es vielleicht irgendwann gut werden könnte in meinem Leben. Vielleicht könnte ich hier zur Schule gehen. Wir unterhielten uns eine Weile. Danach gingen wir am Strand spazieren. Diese Clique junger Menschen nahm alles leicht und unbeschwert, und ich wollte unbedingt ein Teil davon sein.

»Why are you living in Germany?«, fragte mich der Junge.

»Why are you living here?«, fragte ich verärgert. Ich wusste, er würde gleich auf Nazideutschland anspielen. Ich kann nun mal nichts dafür, dass meine Großeltern und Eltern sich für Deutschland entschieden haben.

»Because my grandparents obviously didn't want to live in Nazigermany after the war.«

Aus ihm sprach der ganze Stolz, es in unser Land geschafft zu haben. In einigen Jahren würde er in die Zawa (die israelische Armee) gehen. Ganz bestimmt wollte ich mich heute Abend nicht dafür rechtfertigen, warum ich ein so unreflektiertes Leben in Deutschland führte.

»Mazal tov«, sagte ich und ging auf die Toilette. Als ich zurückkam, sagte er: »Sorry, lets start new. Do you want to meet my grandma?«

Was für ein Tempo, dachte ich irritiert. Ich schaute ihn etwas ratlos an.

»No«, sagte er hastig, »I mean she would love to meet someone jewish from Germany. She speaks jiddisch and she misses her old European world.«

Das klang schon etwas authentischer, etwas zerrissener, etwas vertrauter – wie konnte ich dazu Nein sagen. »Sure«, sagte ich. Wir gingen am Strand spazieren.

Als er mich zu küssen versuchte, schreckte ich verärgert zurück. Trotzdem ging ich glücklich nach Hause, mit dem Gefühl, für irgendjemanden auf dieser Welt eine Bedeutung zu haben.

In den nächsten Tagen erhielt ich Blumen, sehr liebe Nachrichten an der Hotellobby und eine Einladung, am Nachmittag mit ihm zu einem Baseballspiel zu gehen. Ich nahm die Einladung an und hoffte, nicht wieder einen Kuss abwehren zu müssen. Ich wollte mich ganz einfach gut fühlen, ohne etwas geben zu müssen. Ich wollte abgelenkt sein.

Die nächsten Wochen verbrachten wir viel Zeit miteinander. Ich ging gerne zu seiner Oma, die mit mir Jiddisch sprach. Sie machte Rogalach, ein jüdisches Gebäck, für uns.

Seine Oma machte mir zu schaffen. Die grüne Nummer auf ihrem Arm war kürzer als die von Opa. Hieß das, sie war länger in Auschwitz gewesen, viel länger als Opa? Sie war jung für eine Oma. Wenn sie es nach Israel geschafft hatte, musste ich mich dann nicht doppelt anstrengen, hierherzuziehen? Alle Leute hier passten so gut zu mir, Israel passte so gut zu mir, alles war so vertraut, schwer, melancholisch und zerbrechlich.

Die wenigen Schwarz-Weiß-Fotos an der Wand, die an die toten Angehörigen erinnerten, der Dillgeruch, der sich mit dem Geruch der Hühnersuppe vermischte, sogar die urdeutsche Wanduhr gab es bei uns und bei ihnen. Und natürlich die Teegläser, die alle jüdischen Großeltern besitzen.

Als mich meine beste Freundin aus Frankfurt anrief, fragte sie, was es Neues gäbe. Ich erzählte ihr von dem Jungen.

»Ist er dein Freund?«

»Ich denke schon«, sagte ich.

»Aber du hast schon einen zu Hause!«, erinnerte sie mich wütend.

Ich dachte an meinen Opa, der auch für jede Situation eine andere Frau hatte. »Manche können mehr haben«, sagte ich verärgert darüber, dass sie so kleinlich war. »Er ist eben nicht hier«, entgegnete ich und hängte auf.

Tel Aviv mit den Mädels

Oma war schon lange nicht mehr da. Ich war das erste Mal alleine in Tel Aviv. Ich war sechzehn und dauernd in den Straßen unterwegs. Tel Aviv im Sommer ist der Treffpunkt aller europäischen Juden. Am Gordon Beach tummeln sich tagsüber Jugendliche aus verschiedensten Städten. Die Atmosphäre ist einzigartig. Die deutschen Jugendlichen kennen sich größtenteils von den Jugendfreizeiten der Zentralen Wohlfahrtstelle. An den Strandabschnitten wird Französisch, Englisch, Holländisch gesprochen. Es ist ein kunterbunter Mix.

Ich habe es geliebt, in der Wohnung meiner Großeltern frei und unabhängig von anderen wohnen zu können. Gleichzeitig ist man nie alleine, wenn man das nicht will, weil überall jemand ist, den man kennt. Meine beiden engsten Freundinnen waren auch in Israel, wohnten aber etwas außerhalb in Ramat Gan in der Wohnung ihrer Oma. Meistens verabredeten wir uns für vormittags am Strand, teilten uns zu dritt zwei Liegen, quatschten und lasen den ganzen Tag. Abends ließen wir uns durch das junge Tel Aviv treiben, redeten mit wildfremden Menschen oder schlossen uns den restlichen Frankfurtern an, um tanzen zu gehen.

Eines Nachmittags am Strand lernte eine meiner Freundinnen einen Soldaten kennen. Sie war so hin und weg von ihm, dass sie uns nicht darüber informierte, wohin sie sich mit ihm verkrümelte. Sie war schon über drei Stunden verschwunden, als es langsam dämmerte und es Zeit wurde, nach Hause zu gehen. Weit und breit keine Spur von ihr. Langsam wurden wir unruhig und machten uns Sorgen. Wir machten uns Vorwürfe, dass wir unsere Freundin nicht besser im Auge behalten hatten. Wer weiß, mit wem sie unterwegs war. Uns fiel nichts Besseres ein, als auf das Holzhaus der Küstenwache, die an Baywatch erinnerte, hochzusteigen, um unsere Freundin per Lautsprecher am Strand ausrufen zu lassen.

Der Rettungsschwimmer unseres Strandabschnittes lachte ausgiebig über unsere Sorge, rief unsere Freundin dann trotzdem aus.

Ihr Name ertönte am ganzen Strand durch die veralteten rauschenden Sprechanlagen. Einige Minuten später kam unsere Freundin wütend durch den Sand gestapft: »Sagt mal, seid ihr von allen guten Geistern verlassen? Habt ihr nichts Besseres zu tun, als mich zu blamieren?«

Als sie sich beruhigt hatte, mussten wir lachen. Ich schlug vor, dass sie sich bei mir für den Abend fertig machen könnten. Wir würden sowieso später in Tel Aviv ausgehen, sodass sich der Weg nach Ramat Gan nicht lohnte. Mit Sand an den Füßen und damit beschäftigt, darüber zu streiten, wer am braunsten geworden war, gingen wir durch die vom Sonnenuntergang violett gefärbte Stadt in die Moshe-Hess-Straße. Überall blühten gelbe, rote und orangefarbene Blumen. Gibt es eine vollkommenere Jugend? Unterwegs kauften wir Cottagekäse, Brot und Trauben. Als wir in unsere Straße einbogen, sah ich Opa in seinem weißen Unterhemd auf der Veranda in unsere Richtung schauen.

Any, meine Freundin, sagte: »Was schaut er denn so grimmig, ich hab ein bisschen Schiss vor ihm.«

Ich: »Ach was, er freut sich, dass wir kommen.« Ich wusste, dass Opa es nicht mochte, wenn ich Gäste zu uns brachte. Aber ich war nicht bereit, mich danach zu richten.

Nathalie drehte sich ihre Locken zum Pferdeschwanz und lächelte wissend. Sie ahnte wohl, dass Opa nicht begeistert war. Aber sie gestaltete die Situation so angenehm wie möglich für mich. Oben angekommen, sagte ich zu den Mädchen, sie könnten in Ruhe duschen gehen. Opa kam auf mich zu und flüsterte: *»Bist di meschigge? Ze wus missn sei hier duschn und fresn. Sei hobn nischt wi ze gain?«*

»Opa, dus sene mane koleschankes, sei kenen du machen wus sei willen!«, gab ich zurück.

»Chanischi, schra nischt, ui miech stacht du die pleitzes. Kimm, no breng mir die Masch.«

Schnell brachte ich ihm seine Salbe, schmiss drei andere Salben weg, die schon verfallen waren, und cremte Opa den Rücken ein. Any lugte aus der Küche hervor und zwinkerte mir zu. Sie war gerade dabei, das Brot zu toasten. Sie bewegte sich unauffällig und leise, um nicht besonders viel Lärm zu machen. Ich lächelte. Ich war froh, dass meine Freundinnen es mir nicht übel nahmen, wie Opa sich aufführte. Sie hatten zwar nicht ganz so harte Kaliber als Großeltern. Die Stimmung war ihnen dennoch vertraut.

Opa schaute zu Any rüber. *»Breng mir wasser, ober dali.«* Mir war das so peinlich.

»Opa!«, warnte ich ihn vom Flur aus.

Durch die Diele konnte ich seine Beine sehen, seine Hände ruhten auf den Beinen. Die goldene Uhr schnitt Opa leicht ins Fleisch. Seine Finger trommelten auf seinem Oberschenkel.

»Lass, ich mach schon«, sagte Any verständnisvoll. Sie brachte ihm sein Wasser und stellte es vor ihn auf den Tisch.

»*Wus is dus?*«, schrie Opa in Anys Richtung, die schon wieder auf dem Rückzug in die Küche war. »*Ich will sudewasser!*«, zeterte Opa weiter.

Ach du liebes bisschen, Opa scheuchte sie wegen dem Wasser hin und her. Ich rauschte um die Ecke auf ihn zu. Opa grinste mich an: »*Wen sei wolln esn und sech buden, efsche, sie kennen a bisle kochn ober waschn.*«

Ich ging wieder Richtung Küche: »Any, tut mir leid.«

»Macht nix, macht dir mal nicht ins Hemd. G tt ich dachte, er kippt mir das Wasser direkt ins Gesicht.«

So falsch lag sie nicht mit ihrer Befürchtung.

»Wir amüsieren uns ein bisschen zusammen«, sagte sie keck. Sie konnte sich nicht mehr einkriegen vor Lachen. »Wenigstens weiß er, was er will. *Sudewasser*, das heißt Sprudelwasser, ja? Witziges Wort. Na ja, dann *sudden* wir ihn mal. Meinst du, er killt mich, wenn ich ihm Eiswürfel reinlege?«

Dafür liebte ich sie, für ihren einmaligen Humor. Aus jeder komischen Situation machte sie einen Brüller.

Opa war aufgestanden: »*Wus macht di andre?*«

Ich: »*Se duscht.*«

Opa: »*A soi lang?*«

»*Jo.*« Wir starrten uns an. Dann ging er wieder brav auf die Veranda und setzte sich wieder auf seinen Stuhl.

Ich ließ mich gegen die Badezimmertür fallen und ging in die Knie, um kurz zu verschnaufen. Ich hörte Any in der

Küche rumwerkeln. Dann kam sie zu mir. »Ich lege mich kurz in dein Schlafzimmer, ja? Coole Wohnung.«

»Ja«, sagte ich. Eine aus der Schusslinie. Ich will eine rauchen, dachte ich.

Das Telefon klingelte. Es konnte nur mein Ex-Freund sein, der jeden Tag um die gleiche Uhrzeit anrief. Opa erhob sich, um dranzugehen, ich rannte, um als Erste abzuheben. Opa hatte nichts gegen Deutsche. Er hatte generell was gegen alle, die nicht zu seiner Familie gehörten. Zumindest im ersten Augenblick. Er würde ihn anschreien oder ihm sagen, er solle jemand anderem auf den Wecker fallen mit seinen Anrufen. »Hallo?«

»Hi, ich bin es. Wie geht es dir?«

Opa blieb unschlüssig in der Mitte des Raums stehen. »*Wer is dus?*«

»*Di mame*«, sagte ich.

»Hm«, brummte Opa.

»Hast du ihm immer noch nichts von uns erzählt?«, fragte Chris.

»Doch, klar habe ich das.« Mist, Verletzungspotenzial, dachte ich.

Ich fixierte Opa mit meinen Blicken.

»Wieso sagst du dann, deine Mutter sei am Telefon?!«

»Ach, das – weißt du, er ist, na ja, er hatte heute einen ganz schlechten Tag«, flunkerte ich.

»So geht das nicht, du kannst mich nicht verleugnen.«

»Das will ich auch gar nicht, ich rufe dich am besten später wieder an.« Opa bewegte sich zufrieden wieder Richtung Veranda.

Als wir abends ausgingen, sagte Opa mir: »*Chanischi, ze wus mist di loifen oif di gassn?*«

»Ich kenn nischt sitzen dejm ganzen tug in der stib, Opa.«

»Di bist gewein dejm ganzen tug am jam.«

Ich küsste ihn zum Abschied. Immer wenn ich ging, erhob er sich von seinem Stuhl, lief unruhig hin und her und versuchte, mir klarzumachen, dass es nicht gut sei, so viel draußen zu sein. Er hatte Angst um mich und musste sich beherrschen, mich gehen zu lassen. *»Wann wirst di zirek san?«*, fragte er.

»Ich weiß nischt, alle senen du«, sagte ich, *»ich hob lieb zu sajn a bisle drousn.«*

»Ober ich bin du«, versuchte er es noch mal.

»Opa, ich kim zireck.«

»Ach«, abwertend schlug er mit der Hand die Luft nach hinten, *»machts, wus willst.«*

Ich küsste ihn noch mal, aber er schubste mich sanft weg: *»Wus bist di a lekkatz?«*

Opa hatte sich anscheinend an meine Mädels gewöhnt. Wenn ich sie nun mitbrachte, brummte er nicht mehr ganz so stark. Ganz anders erging es David, einem Freund von Zoé, der uns einige Tage später in unserer Wohnung besuchte. Wir saßen friedlich mit David im Wohnzimmer und quatschten. Es war ein heißer Tag, und Zoés Freund hatte Kopfschmerzen. Zoé ging in Opas Schlafzimmer, um aus dem Apothekenschränkchen eine Kopfschmerztablette zu holen. Zoé gab David zwei weitere für den Heimweg mit. Wir plauderten über dieses und jenes. Opa kam in die Wohnung rein und sah seine Aspirin auf dem Tisch liegen. Opa schrie David an: *»Du mieser ganev, wus nemmst di mane tabletten?«*

»Opa«, beruhigten wir ihn, *»Duvid is a freund, wir hobn ihm gegeiben die tabletten.«*

»Wus krazt miech san kop?«

Ich ging mit Opa in die Küche und packte seine Tüten mit ihm aus. Zoé war zu dieser Zeit nach Israel ausgewandert und lebte kurze Zeit bei Opa in der Wohnung. Opa nahm mich zur Seite. *»Channele, ich weiß nischt, wus is passiert mit Zoé.«*

Ich: *»Far wus?«*

Opa druckste etwas rum: *»Koidem hot sie gestern geschrigen a sach mit mir. Hunt sitzt se mit dejm ganev. Far wus sitzt er bei ins in der stib, der schnorer?«*

Ich: *»Opa, dus is a freund, kein ganev. Zoé tit nischt a sach schraien. Is epes pasiert?«*

Opa: *»Nein.«*

Ich: *»Ober epes mis doch pasiert san, bevor si hot geschrigen. Host di epes gesugt zi ihr?«*

Opa: *»Ich weiß nischt, efsche jo. Gestern is der dibik in ihr gewein.«*

Ich: *»Wus redst die narischkeiten, ni, wus is gewein?«*

Opa: *»Ne jo, ich hob nischt direkt epus gesugt.«*

Ich: *»Hot sie epes gesugt?«*

Opa: *»Jo, sie hot gemeint, ich bin ganz mies, weil ich hob genimen ihre borst.«*

Ich: *»San borst?«*

Opa: *»Far die zejn.«*

Ich: *»Di host genimen ihre borst far dane zejn?«*

Opa: *»Jo.«*

Ich: *»Ne jo, aber di weißt doch, Zoé hot lieb ihre eigene sachen, me tu nischt nemen die Borst fin keinem anderem Mensch. Dus is nischt git.«*

Opa: *»Channele, ich hob dus nischt far mir genemen. Ich hob dus genemen far mane prothese.«*

Ein typischer Schabbat

Meine Tante geht auf und ab. Sie kontrolliert Mamas Wohnzimmer im Hinblick darauf, ob in der von Mama neu eingerichteten Vitrine genug Fotos von ihr, Oma und Opa aufgestellt sind. Ihr Blick wandert von einem Bild zum anderen. Sie zündet sich eine Zigarette an.

»Kein Foto von mir, aber von Ricks Mutter hat sie eins aufgestellt.« Mama zuckt zusammen. Zoé und ich rollen die Augen. »Was denn?«, fragt sie zurück. »Ist ein Foto zu viel?«

Zoé bemerkt, dass die meisten Menschen nicht ihre Schwester gerahmt im Wohnzimmer haben.

Opa stöhnt im Sessel über das miese Wetter. Seine polnische Pflegerin schaut mich Hilfe suchend an. Ich zerfließe vor Mitleid. Meinen Opa Tag und Nacht zu ertragen, ist für jeden Menschen zu viel. Ich frage, ob sie einen Tee trinken will. *»Mosche tag«*, sagt sie.

Opa ist beleidigt: *»Wus fraigst du si nuch a tei? Ich wot nischt gewolt trinken kein tei?«*

Ich: *»Ich wer dir oich machn a tei, a schwurzn?«*

Opa schaut gleichgültig: *»A chilig, sol sein a schwurzer tei.«*

Ich gehe in die Küche, um Teewasser aufzusetzen.

Auch Mama geht in die Küche, um sich um das Essen zu

kümmern. Sie schält die Kartoffeln für den *kiegl,* den Kartoffelauflauf. Sie wischt hektisch in der Küche rum. Werde ich jemals so putzen können wie Mama? Will ich so putzen können wie Mama? Ihre schnellen, flinken Bewegungen mit dem Lappen über das Holz haben etwas Aufbegehrendes, Aggressives. Mama kontrolliert den Braten in der Küche und wendet sich wieder den Kartoffeln zu. Sie schneidet die geschälten Kartoffeln mit der Brotmaschine, sie schneidet sich mit der Maschine in den Finger. Blut tropft von ihrem Finger auf die Kartoffeln. »Mama«, schreie ich, »Mamischi, alles okay?«

Mama: »Nicht so schlimm. Lass mich.«

Ich: »Mama, bitte warte kurz.« Mama will weiterputzen. »Mama, setz dich bitte hin, bitte, hör doch einen Moment mit dem Putzen auf.«

Mamas Fingerkuppe hängt lose an einem Stück an ihrem Finger.

»Schon gut«, sagt sie.

Ich: »Mama, hör mir zu, es blutet stark, das muss genäht werden.«

»Ach Quatsch«, sagt sie. »Ich muss das hier erst fertig machen.«

Zoé kommt in die Küche: »Ach, Mami. Mami, komm, wir verbinden das.«

Rachel kommt in die Küche: »Nicht ein Bild von mir und dir.« Zoé schreit Rachel an, was ihr einfallen würde, Mama so anzuschreien. »Siehst du nicht, dass sie blutet?«

Oi, oi, da fängt meine Tante zu schreien an: »Was ist passiert? Was ist passiert? Sag es mir.«

»Ich habe mich geschnitten«, sagt Mama.

Zoé: »Komm, Mami, ich fahre dich in die Klinik.« Mama

stellt die *joiech* aus, sie dreht sich zu mir und sagt: »In fünfzehn Minuten drehst du die Suppe auf 1,5«, und fährt widerstandslos mit Zoé in die Klinik. Meine Schwester wirft mir einen fassungslosen Blick zu, als sie rausgeht. Ein Glück ist sie hier, denke ich.

Ich schwanke einen Augenblick. Mama ist weg. Das Familienoberhaupt hat sich freigenommen, weil die Ketten zu eng geschnürt sind. Einen Tag frei kann sie sich nicht nehmen, aber sie kann sich in den Finger schneiden und wegmüssen. Quasi per Befehl von uns. Sie kann es nicht sagen, aber sie will weg. Weg von der Pflicht, jeden Schabbat zu kochen, weg von ihrer Schwester, weg von ihrem Vater und auch weg von Zoé und mir. Wir sind eine Last für sie, unverheiratete, finanziell noch zu unterstützende Kinder.

Ich wische die Blutspuren weg und führe Rachel aus der Küche. Rachel: »Wie tief war die Wunde? Sag mir, wie tief die Wunde war.«

»Nicht so schlimm«, beruhige ich sie, »es wird schon wieder.«

»Wird das wieder, Channah? Wie konnte das passieren? Wird das wieder?«

»Ja, natürlich wird es wieder«, sage ich, »mach dir keine Gedanken. Komm, ich mach dir einen Tee.« Sie setzt sich ins Wohnzimmer. Ich klaue ihr unbemerkt eine *papiros* aus der Tasche. Als ich ihr den Tee bringe, ist Rachel nicht mehr ansprechbar, sie ist mit ihrer Zigarette in eine Welt abgetaucht, in die ich ihr heute nicht folgen möchte. Opa interessiert sich auch nicht mehr für den Tee. Er sagt: »*A kurvische maschine, in dreid!*«

Immer muss alles unter die Erde, denke ich.

Ich trete vor die Verandatür in den Garten. Ich laufe aus dem Garten auf den kleinen Spielplatz hinter unserem Haus, setze mich auf meine Lieblingsbank und stecke mir eine Zigarette an. Hinter mir höre ich einen Mann fragen, ob ich nicht zu jung fürs Rauchen sei. Ich drehe mich um und frage ihn, ob er die Güte hätte, jemand anderem auf den Wecker zu fallen. Er bleibt stehen. Ich starre vor mich hin. Er redet irgendetwas, ich höre nicht hin. Hab ich nicht gesagt, dass ich allein sein will? Er sagt: »Ich habe auch Probleme.«

»Interessiert mich einen Scheiß.« Es tut gut, dem Ärger Luft zu machen.

Fremder: »Du scheinst auch welche zu haben.«

Ich schaue von dem Sandkasten hoch und erst jetzt zu ihm hin. Er ist älter, als seine Stimme es vermuten lässt. »Ich habe gerade keine Lust auf dich.« Seine Augen sind wach, warm und alt. »Deine Worte und dein Benehmen passen so wenig zu deiner Erscheinung.«

Ich: »Hast du keine Frau, die du vollquatschen kannst?«

Fremder: »Ich habe eine Frau.«

»Herzlichen Glückwunsch«, sage ich und stehe auf.

Fremder: »Warte mal, ich heiße Finn.«

Ich: »Ciao, Finn.«

Finn: »Dir ist aber was über die Leber gelaufen, wie?«

Ich stapfe davon. Ich drehe mich um und rufe ihm zu: »Mach es dir nicht so gemütlich auf dem Platz, das ist meiner.«

Er lächelt.

»Channah, Channele«, tönt es durch die Gottfried-Keller-Straße. Meine Tante ruft mich nicht, sie schreit nach mir. Wieso müssen alle so schreien? Als ich durch den Garten gehe, sagt Rachel: »Ich wusste nicht, wo du bist. Wo bist du gewesen?«

»Ich bin hier«, sage ich. »Ich bin hier bei euch. Für immer, weil ihr immer schreien würdet, wenn ich weg wäre.«

Opa: »*Wi bist di gewein?*«

Ich: »*A minite far di tir*«, um zu atmen, denke ich.

Opa: »*Me tur nischt loifn a soi fil oif die gassn.*«

Ich: »*Iech bin do.*«

Schweigen. Opa starrt vor sich hin, Rachel starrt vor sich hin. Es ist mucksmäuschenstill. Wieso soll ich eigentlich immer zum Schweigen da sein, frage ich mich. Zum Schiwe sitzen. Rachel läuft wieder auf und ab.

Als Mama und Zoé zurückkommen, ist Zoé bleich, und Mama geht es gut. »Fünf Stiche haben sie gemacht.« Der Arzt in der Notaufnahme war so lieb, wirklich, er hat sich besonders viel Zeit genommen! Zoé lächelt mir verstohlen zu. Wir wissen um Mamas Schwäche für Ärzte. Ärzte sind für sie das Größte. Ich bin glücklich, dass Mama versorgt ist. Glücklich, dass sie die ärztliche Hilfe annehmen konnte. »Ich habe mich aber nicht in den Knochen geschnitten«, erklärt Mama stolz.

Ich: »Schön, Mami, komm, das Essen ist fertig, setz dich hin, ich serviere heute.«

Mama: »Nein, nein, das geht schon. Wie sieht denn der Braten aus? Hast du die Suppe auf die niedrige Flamme gestellt?«

Wie banal, denke ich, wie unwichtig. »Ja, das habe ich, und der Braten ist genau richtig«, erwidere ich und gehe zurück in die Küche.

Die Küche ist ihre Festung. Ich fülle die Suppe in die Teller. Mama kommt mit einem heftigen Ruck durch die Küchentür und stößt mich, der Teller fliegt mir aus der Hand. Die Suppe ist heiß und brennt auf meiner Jeans.

Mama: »Oh entschuldige, Herz, das wollte ich nicht.«

»Was machst du hier in der Küche«, fahre ich sie an. »Kannst du nicht eine Sekunde stillsitzen?«

»Ich wollte nur mal nach dem Fleisch sehen.« Ich scheuche sie zurück. Sofort tut es mir leid, aber kann sie mir nicht einmal zutrauen, dass ich den beschissenen Braten hinbekomme? »Tut mir leid, Mama, ich wollte dich nicht anschreien.«

Ich serviere die Suppe. Mama schafft es, ganze drei Löffel zu essen, und stiehlt sich dann in die Küche davon, um eine zu rauchen.

Wäre sie doch nur Ärztin geworden, als Ärztin wäre sie fabelhaft. Als Zoé die Teller abräumt, ist Mamas Teller fast unberührt. Die von mir reingelegte Dekorationskarotte schwimmt einsam in der Suppe. Ich gebe für heute auf, ziehe mich in mich zurück und sage nichts mehr. Zoé streichelt mir beim Abräumen über den Kopf.

Natürlich begehen wir auch die Woche nach Mamas Unfall Schabbat. Opa schleppt sich mühsam die Straße hoch bis zu unserer Haustür. Sein Katheter schaut aus seinem Mantel. Rachel geht mit einigem Abstand hinter Opa den Gang entlang. Schwere, langsame Schritte. Rachel trägt eine Brille, die mal Opa gehörte. Sie ist aus Horn, aber viel zu groß für ihr kleines Gesicht. Ich beobachte beide, lange bevor sie mich sehen. Rachel hat ihren Blick auf den Boden gerichtet. Sie lebt im falschen Jahrhundert. Erst kurz vor der Vortreppe zum Haus richtet sie den Blick über die großen Brillengläser und freut sich, mich zu sehen. Ich freue mich auch, sie zu sehen. Sehr sogar, die Familie ist zusammen. Es ist Freitag, es ist Familientag. Unsere Begrüßung ist immer problematisch. Ich küsse nicht gerne zur Begrüßung.

Viele in meiner Familie haben die Angewohnheit, mich mit

dem Kopf zu sich runterzuziehen und mich dann feucht und im Klammergriff zu küssen. Es ist keine normale Begrüßung, es ist mehr ein »Halt mich fest, ich lasse dich nie wieder los, die Welt ist schrecklich und gemein, und ich brauche deine Umarmung, um ihr standhalten zu können.«

Ich weiche manchmal schon aus, wenn sie auf mich zukommen. Ich möchte nicht benutzt werden. Ich will nicht, dass mich schon im ersten Moment die Welle des Leids umspült und mich in einen tiefen Ozean hinunterzieht, aus dem es kein Entkommen gibt.

Wie jede Woche gibt es auch in dieser Woche einen banalen Streit, an den ich mich nicht mehr erinnern kann.

Ich renne aus der Tür in den Garten hinaus – auf den Spielplatz zu meiner Bank. Sie ist besetzt. Ich blinzle, das kann doch nur Einbildung sein. Auf meiner Bank sitzt schon wieder Finn. Ich drehe mich um und laufe zum anderen Ende des Spielplatzes. Es hat keinen Sinn, Finn kommt zu mir rüber. Er ist hocherfreut, mich zu sehen. Er setzt sich einfach zu mir. Ich könnte ihn erwürgen. Aber er hält mich auch von dem Isolationstunnel fern, in den ich zu stürzen drohe. »Geht es dir heute besser?«

Ich antworte ihm nicht. Da hat er am Freitag, wenn meine Familie zusammen ist, schlechte Karten. Ich schaue in den Himmel, ich schaue auf meine Beine. Wenn ich könnte, würde ich fliegen. Weit weg zum Meer, zu Papa. So ein Scheiß, lässt uns einfach allein im Dreck sitzen, was hast du dir dabei gedacht, nicht zum Arzt zu gehen? Hast du gedacht, die hundertzwanzig Kilo Gewicht sind ein Zeichen deiner Gesundheit?

»Kann ich dir was anvertrauen?«, fragt Finn in meine Gedanken hinein. Ich reagiere nicht. Er nimmt das wohl als ein

Ja und fängt an, mir von seiner Beziehung zu seiner Frau zu erzählen.

Anfangs höre ich nicht zu, dann verschwinden meine Gedanken, ich höre seine Stimme klar und deutlich. Sie leidet an Gedächtnisverlust. Er tut mir leid. Ich will nicht, dass er mir leidtut. Ich bin zu schwach, um aufzustehen. Er vermisst seine Frau, wie sie früher war. Er weiß nicht, warum das gerade ihnen passieren musste. Die Frage finde ich immer blöd. Ist es besser, dass es jemand anderem passiert? Warum fragen die Menschen nicht: Warum passiert überhaupt etwas Schreckliches? Finn redete über eine Stunde. Ich fand es sehr egoistisch, einfach so loszureden, andererseits auch irgendwie positiv, sich selbst das zu nehmen, was man möchte. Finn war damals neununddreißig. Ich war dreizehn. Aus seiner Manteltasche ragte ein Hundert-Mark-Schein. Ich spielte mit dem Gedanken, ihm den Schein zu entwenden. Ich überlegte, ich wog es ab. Ich fand nichts dabei, ihm das Geld abzunehmen.

Mit einer geschickten Handbewegung landete der Hunderter in meinem Besitz. Finn hatte mir meinen Ruheplatz weggenommen, obwohl Schabbat war. Am Schabbat stehlen? Nein, eigentlich nicht. Andererseits konnte ich Mama davon einen großen Blumenstrauß kaufen. Vielleicht hob das ihre Laune? Ich fand, das war eine gute Idee. Ich sagte, ich müsse jetzt nach Hause. Die Geschäfte hatten noch offen. Ich kaufte einen rosa-weißen Blumenstrauß.

Winter 1992

Damals war ich elf Jahre alt. Trotz einer dicken Strumpfhose und wollenen Overknee-Strümpfen sahen meine Beine mager aus. »*Dein hoit is a soi wais wi di wand*«, sagte mein Opa. Dann versuchte er, mich in die Seite zu kneifen. Da, wo heute ordentlich Haut drauf ist, gab es damals nichts zu fassen. »*Bist a soi darr, wer wird dich schoin heiratn? Nuch dazu a halbe waise.*« Ich fand gut, dass nichts an mir dran war, und warf meine Locken in den Rücken. »*Loss mech*«, war alles, was ich sagte.

Papa hatte die erste Operation hinter sich, die den Krebs besiegen sollte. Mama war zu der Zeit nicht ansprechbar, und ich und meine Schwester sollten wegorganisiert werden, um die Folgen der nächsten Operation nicht mit ansehen zu müssen. Zoé fuhr mit ihrem Freund nach Chicago. Ich sollte nach Sobernheim in ein jüdisches Ferienlager für Kinder. Ich mochte nicht fahren. Ich sagte Mama, dass ich bleiben wollte.

Im letzten Jahr hatte ich nach der Schule immer zu Freunden gemusst, um nicht in der Quere zu sein. Die Mütter von Klassenkameraden holten uns Kinder oft von der Schule ab, und dann hörte ich: »Channah, Schatz, du kommst heute mit zu uns. Deine Mama holt dich abends ab, sie muss noch was erledigen.«

Ich wusste, dass Mama bei Papa am Bett saß, ich wusste,

dass sie beide diese Zeit brauchten. Aber ich wusste nicht, wieso ich nicht dabei sein durfte. Was war so schwer daran, mir die Situation zu erklären oder mich einfach am Morgen zu informieren, dass ich zu Freunden gehen sollte. Ich hasste diese ständigen Überraschungen am Nachmittag.

Ich wurde von Familie zu Familie gereicht. Jeden Tag sagte eine andere Mutter mit makellosem Lächeln: »Schatz, heute kannst du bei uns den neusten Film anschauen oder das neuste Nintendo-Spiel spielen, oder heute fahre ich euch zum Tennis. Was sagst du, ist das nicht toll?« Dann musste ich in ein Auto klettern, das immer frisch nach Waschanlage duftete.

Ein Jahr lang war ich eine Art Charity-Projekt für Hausfrauen, deren freundliche Gesichter und perfekte Nägel mir schwer auf die Nerven gingen. Ich hatte ein Zuhause und eine Familie – wieso sollte ich ständig bei anderen essen, Hausaufgaben machen und mir ach so willkommen vorkommen?

Meine Eltern legten Wert darauf, dass ich mich mit ganz speziellen Freunden abgab, die aus vier sehr wohlhabenden Familien stammten. Wenn man deren Wohnungen betrat, roch es immer nach Zitronen-Meisterproper, weil die Putzfrau gerade frisch gewischt hatte. Der Tisch in der Küche war für uns Kinder stets perfekt gedeckt. Alles klappte wie am Schnürchen. Pünktliches Abholen von der Schule, essen, Hausaufgaben machen, mit dem neusten Nintendo spielen.

Wenn meine Eltern mich abholten, kamen sie grundsätzlich unpünktlich und waren abgehetzt von der Arbeit. Ich habe mich oft gefragt, wieso sie es nicht besser empfunden hätten, wenn ich mich auch mit Kindern von Normalverdienern angefreundet hätte. Dann wären mir unsere Verhältnisse normal vorgekommen. Dann wäre ich unter Gleichen gewesen.

Wenn ich von meinen wohlhabenden Freunden aus ihren bunten Kinderzimmern nach Hause kam, hatte ich immer das Gefühl, dass wir arm sind. Trotzdem mochte ich es bei uns lieber.

Wir hatten den Keller nicht voller gut riechender Vorräte, und auf dem Küchentisch standen nicht vier verschiedene Marmeladensorten, sondern eine. Mama trug nicht jeden Tag ein neues Outfit, und ihre Nägel waren nicht so perfekt lackiert wie die Nägel der anderen Mütter, aber ich fand sie trotzdem toll, weil sie meine Mutter ist.

Ich wollte nicht zu diesen Freunden. Sie waren wild und ungehemmt, sie tobten in der Wohnung rum. Ich wollte lesen oder Tagebuch schreiben. Jeder Nachmittag war für mich eine Qual. Das einzige Problem der Mütter bestand darin, ob die Kinder die Hausaufgaben machten und ob die Nanny gut genug geputzt hatte. Meine Freunde stritten mit ihren Geschwistern um das neueste Spiel, die Mutter stritt mit der Nanny wegen der noch immer schmutzigen Fenster. Zu Hause lag Papa mit einer neuen Pumpe im Bauch, die Spiele der anderen überforderten mich.

Ich wollte Mama aber nicht noch mehr Stress machen. Zwischen den Operationen sollte ich nach Sobernheim in ein jüdisches Freizeitcamp fahren. Es fiel mir schwer, mich von meinem immer dünner werdenden Vater zu verabschieden. Auf der Busfahrt nach Sobernheim legte ich den Kopf an das Fenster und dachte an gar nichts mehr.

Wir Frankfurter Kinder kamen gleichzeitig mit denen aus Berlin an. Ich ging aus dem Bus raus und sah mir alle Jugendlichen aus der Ferne an. Ich trug einen sehr knappen Mini. In meiner Nähe stand ein Junge, den ich ein paar Mal im Fernsehen in einer Serie gesehen hatte. Er würde also die männliche Nummer eins hier auf diesem Feriencamp werden.

»Du bist doch viel zu dünn, um deine Koffer in dein Zimmer zu tragen!«, sagte er. Das sollte wohl ein Kompliment sein. Ich verzieh ihm seine dumme Anmache. Ich sagte: »Na, dann bring die Koffer mal in meine Suite, Schatz.« Ich drehte mich um und schaute nach irgendeinem Ansprechpartner, der mir sagen könnte, in welches Zimmer ich kommen würde. Die Zimmer waren alles – das wusste ich. Dein ganzer Status, deine Beliebtheit richtete sich danach, mit wem du in einem Zimmer warst.

Ich wollte unbedingt ein Zimmer am Anfang des Ganges. Das lag neben der Dusche, und nach den langen Tagen mit Programm bildete sich immer eine Riesenschlange bei den Duschen. Ich mochte es nicht, lange zu warten. Schon gar nicht nackt im Handtuch, ständig den Attacken pubertärer Jungs ausgeliefert.

Ich dachte, dass der beliebteste Junge meine Koffer trägt, ist für die erste Woche schon mal gut – mehr muss nicht sein. Keiner wird blöd zu mir sein. Darauf kam es mir an. Jetzt konnte ich wieder ungestört meinen Gedanken an Zuhause nachhängen. Was, wenn Papa nicht wieder gesund werden würde?

Ich schaute aus dem Fenster und sah, wie der Fernsehjunge seine Autogrammkarten verteilte. Wie uncool, dachte ich. Dann kam er nach oben und brachte mir die Koffer in mein neues Zimmer. Unter dem Schutzschild des beliebten Jungen lebte ich mich besser als erwartet ein. Die Ferienprogramme machten sogar Spaß und lenkten mich von zu Hause ab. Es gab die Möglichkeit, Gedichte zu schreiben und diese dann vorzutragen. Ich war in meinem Element.

Wir machten einen längeren Ausflug. Alle waren aufgeregt,

weil wir in großen Hallen schlafen würden, die Mädchen neben den Jungen. Wir wurden in einem großen Bauernhof in einer ehemaligen Scheune untergebracht. Die Räumlichkeiten grenzten direkt an Felder. Die Betreuer teilten uns für ein Spiel in zwei Gruppen ein. Ich weiß nicht mehr genau, welchen Sinn dieses Spiel hatte, aber es ging wohl darum, dass die eine Gruppe das Maskottchen der anderen Gruppe in der Nacht klauen musste. Ich verstand mich mit den älteren Betreuern besser als mit den Jugendlichen. Einem hatte ich erzählt, dass es meinem Vater nicht gut ginge und ich nicht wüsste, wie lange er noch leben würde. Darauf hatte er mir erzählt, dass sein Vater ihn oft nackt ausgezogen und dann geschlagen hätte.

Ich wusste damals wie heute, dass hinter dieser Geschichte noch mehr steckte. Jedenfalls hatten wir beide ein Geheimnis und waren vereint. Leidende erkennen einander wie Hunde, die sich meilenweit voraus riechen können.

Leider war mein neuer Freund der Hauptbetreuer der anderen Gruppe in einer anderen Räumlichkeit.

Ich mochte die Gemeinschaftsräume mit den vielen Menschen nicht. Es stank darin, und die Bösen malten den Dicken oder Unbeliebten nachts Schminke aufs Gesicht oder legten ihnen ein benutztes Kondom auf das Haar. Kinder sind brutal.

Mein Betreuer hatte mit den anderen geredet, sodass ich im Betreuerraum unter dem Schutz der Älteren stand. Ich wollte einfach nie Teil einer großen Masse sein. Geht die Masse in den Gemeinschaftraum, gehe ich nicht hinein, weil ich um die Hierarchie im Gemeinschaftsraum weiß. Die Betreuer hatten mehr Süßigkeiten und unterhielten sich über viel spannendere Dinge als die Kinder. Ich schlief bald ein.

Meine Betreuer, die das Maskottchen, einen überdimensional

großen Teddybären, bewachen sollten, schliefen auch ein. Irgendwann wachte ich auf und sah, wie zwei Männer unser Lagerfeuer vor dem Gemeinschaftsraum löschten. Beide hatten Masken an. Ich erschrak und dachte, es sei besser, still zu sein und abzuwarten. Einer von ihnen öffnete die Scheunentür und sah, dass ich aufgestanden war, um aus dem Fenster zu schauen. Er kam auf mich zu, ich schrie laut, aber er hatte mich schon gepackt und rannte mit meinem Schlafsack, in dem ich steckte, über die Felder.

Ich schrie und strampelte. »Psst, Channah, ich bins, Mio, ich hole dich in mein Lager. Ich bin gekommen, damit du bei mir sein kannst.« Am Platz des Lagerfeuers waren jetzt andere Betreuer aufgewacht und schrien. Sie rannten uns hinterher, aber wir waren schon weit weg, und Mio versteckte uns im Gebüsch. »Was ist denn das für eine übertriebene Aktion von dir, spinnst du?«, fragte ich ihn aufgebracht. Er gab mir meine Lieblings-M&M's wie zum Beweis, dass er es nur gut meinte.

Die anderen liefen an uns vorbei. Ich war verunsichert, wusste nicht, wie ich mich verhalten sollte. Einerseits war es natürlich eine Ehre, von Mio geholt zu werden, andererseits war mir klar, dass er den anderen nur einen Streich spielen wollte und dass es ihm nicht ausschließlich um mich ging. Ich schaute ihn verstohlen von der Seite an. »Willst du nicht bei mir sein?«, fragte er. War das jetzt ernst oder ein Spiel? Ich zögerte, er klang sehr ernst. Sollte ich ihn fragen, ob er vergessen hatte, dass ich elf war und er achtzehn?

»Nein«, sagte ich, »schon gut. Lass mich einfach zum Schlafraum gehen. Außerdem will ich nicht Thema der Woche sein.«

»Ich dachte, du würdest dich freuen.«

»Nicht, wenn du mich im Schlaf überfällst.«

»Tut mir leid, ich dachte, wir reden noch ein bisschen.«

»Aber das können wir doch auch am Tag«, sagte ich.

»Na komm«, sagte er, »gehen wir.« Ich hatte keine Schuhe an und trat beim ersten Schritt in einen dornigen Ast.

»Mist«, fluchte ich. Das konnte doch nicht wahr sein. Ich blutete.

»Tut mir leid, tut mir so leid.«

»Kannst du noch was anderes sagen?«, fuhr ich ihn an. Stattdessen kniete er sich vor mich und bot mir seinen Rücken als Trage an. »Also gut!« Ich hüpfte auf seinen Rücken und kam mir mehr als albern vor, mitten in der Nacht über Felder getragen zu werden.

In der Scheune der anderen angekommen, warteten einige Betreuer auf Mio und schrien ihn an, er würde seine Betreuerpflicht verletzen, und was denn die Eltern davon denken sollten, wenn sie davon erfahren würden. Ich nahm ihn in Schutz und sagte, er hätte mir davor Bescheid gesagt, und es wäre alles in Ordnung. Ich würde auch niemandem etwas sagen. Die Betreuer hatten hier nur ein Zelt, also legte ich mich direkt neben Mio. Zwei Betreuer verboten Mio, mehr als nötig bei mir zu sein.

Zwei Tage später tauchten Zoé und ihr Freund auf, um mich abzuholen. Ich war geschockt. Ich wusste, wenn sie mich holen, war dies das Ende zu Hause. Ich schwieg, ich konnte nichts sagen. Mio fiel der Abschied schwer, er litt mit mir. Er gab mir seine Adresse und seinen Hut.

Zoé fragte mich, wer er sei. Ich wusste, dass sie jeden weiteren Kontakt mit Mio nicht dulden würde. Ich zerriss den Zettel mit seiner Anschrift im Auto.

Während der anderthalbstündigen Fahrt versuchten Zoé und ihr Freund, mich auf zu Hause vorzubereiten. Sie hatten mir viel Schokolade aus Amerika mitgebracht. Wieso ködern mich eigentlich immer alle mit Schokolade?

»Ist schon gut«, sagte ich, »ich weiß Bescheid.«

Im Auto hing jeder seinen Gedanken nach. In meinem Kopf entstand eine merkwürdige Konstellation. Ich wusste nicht mehr richtig, wohin ich gehörte. Zoé und ihr Freund empfanden sich als Beschützer für mich. Ich glaube, das gab ihnen in der ungewissen Situation mehr Sicherheit als mir. Mama würde ab jetzt in ihrer eigenen Welt leben. Wo und wer werde ich sein? Alle vertrauten Ebenen schienen sich zu verschieben. Der Erdboden erschien mir plötzlich als eine trügerische Täuschung. Unter ihm warteten Krokodile und andere Ungeheuer, um mich zu verschlingen.

Mit jedem Kilometer, der uns näher nach Hause brachte, fühlte ich, dass ab jetzt alles anders werden würde. Als ich aus dem Auto stieg, wusste ich es. Ich gehe jetzt zu meinem Vater, der sterben wird. Zwischen meinem Elternhaus und der Straße, auf dem wir das Auto parkten, gab es einen Weg. Unser Haus war das vorletzte und stand fast am Ende des Wegs.

Am Ende des Wegs wird alles Unbeschwerte vergangen sein – nimm ein schönes Bild mit, dachte ich bei jedem Schritt. Bewahre dir etwas Heiles.

Ich musste nicht lange überlegen. Es war an Papas Geburtstag. Mama backte gerade einen Kuchen. »Rick«, schrie sie durch das Haus. »Ich brauche noch Zucker, ich gehe schnell zum HL.« Mama trug einen beigefarbenen Rock, der ihre schmale Silhouette unterstrich. Schon war sie draußen.

»Hannah! Zoé!«, rief Papa. »Kommt bitte in die Küche.«

Zoé war am Telefon mit ihrer Freundin aus Trier. Zoé machte es zu schaffen, dass ihre Freundin aus Frankfurt weggezogen war. Ich ging die Treppen runter. Zoé und ich kamen gleichzeitig in der Küche an. Ich sah Papa an. Er hielt den Kuchenteig triumphierend in die Höhe. Wir drei waren Naschkatzen, die den Kuchenteig immer am liebsten roh aßen. Wenn Mama uns dabei erwischte, regte sie sich auf, weil dann nicht mehr genug Teig übrig blieb.

»Wir haben circa zwei Minuten«, sagte Papa und reichte uns kleine Teelöffel. Wir kicherten und freuten uns so, dass wir die Zeit aus den Augen verloren. Das Schloss knackte, und Mama stand in der Tür. Ungläubig schaute sie auf die fast leere Teigschüssel. »Sag mal, Rick, spinnst du?«

Papa hob ergeben die Hände. »Hannah hat mich gerufen und gesagt, dass jeder einen Löffel nehmen darf.«

»Also so was, Papa!«

Papa bog sich vor Lachen. Er liebte es, wenn er von sich ablenken konnte.

Mama fiel in sein Lachen ein. Zoé sagte ihrer Freundin, sie würde sie später wieder anrufen, und kicherte. Papa zog Mama an sich. »Ich muss jetzt neuen Teig machen«, sagte Mama.

»Ja?«, fragte Papa und zauberte hinter Mamas Haaren zwei Hornklämmerchen hervor.

»Was ist das denn?«, fragte Mama.

»Eine Kleinigkeit für meine schöne Frau«, entgegnete Papa aufgeregt. Er hoffte, dass Mama die Haarklammern gefallen würden.

»Sie sind wunderschön, Ricardo!«

So hätte es sein sollen. So hätte es bleiben können.

Als wir zu Hause ankamen, ging ich zu Papa. Es war Silvester.

Papa gab mir die Hand und streichelte mein Gesicht: »Tut mir leid, dass wir nicht öfter im Zoo waren oder im Kino.«

Irgendwo draußen knallte eine Silvesterrakete, und wir sahen ihr Leuchten im Fenster. Papa legte den Kopf zur Seite. »Naomi! Du musst mit den Kindern weg, Haider wird kommen. Es kommt ein zweiter Holocaust. Ihr müsst nach Israel gehen.«

»Rick«, sagte Mama, »das sind nur Silvesterkracher, wir sind hier in Sicherheit.«

»Nein, Naomi, ich weiß es, er wird an die Macht kommen, ihr müsst unbedingt wegziehen.« Das Morphium zeigte seine Wirkung.

»Komm, Channele, geh erst mal was essen.« Meine Tante führte mich an der Hand in die Küche.

Es klingelte an der Tür. Es waren Freunde von Papa, die gekommen waren, um sich von ihm zu verabschieden. Ich begriff, dass uns wirklich nur noch Stunden blieben. Die Leute störten mich, alle schauten uns mitleidig an. So würde ich ab jetzt immer angeschaut werden.

Ein Tag verging. Ich saß stundenlang am Bett und erzählte Papa vom Ferienlager. Der Arzt kam und sagte, Papa würde heute Nacht sterben. Wir schliefen zu viert im Ehebett meiner Eltern. Ich setzte mich neben das Bett und starrte die blaue Seide des Bettbezugs an. Die Falten werden morgen noch da sein, dachte ich – und er wird weg sein.

Am 2. Januar erlaubte Mama dem Hausarzt, Papa so viel Morphium wie möglich zu verabreichen, damit er keine Schmerzen hätte.

Für meine Mama war mein Vater die Brücke ins Leben. Als sie ihn verlor, dachte ich, sie würde mit ihm gehen. Papa starb zu Hause am 3. Januar um 00.03 Uhr. Der Hausarzt wollte, dass ich das Zimmer verlasse, damit ich den Todeskampf nicht sehe. Nichts wäre mir schlimmer vorgekommen, als meinen Vater allein sterben zu lassen. Ich blieb mit Mama und Zoé auf seinem Bett sitzen. Viele Menschen waren da, und ich empfand jede Person als Eindringling. Ich wollte allein sein, allein mit meiner Familie.

Mama schrie immer wieder den Namen meines Vaters: »Rick, Rick, ich bleibe hier nicht allein, hörst du, ich gehe mit dir.«

Ich saß daneben und dachte, entweder wir gehen alle mit Papa, oder du bleibst gefälligst bei mir. Du bist doch nicht allein, Zoé und ich sind da. Wir halten zusammen. Die Schreie meiner Mutter ließen mich lange nicht los und breiteten sich in mir aus. Ich hatte Verständnis für Mamas Gefühle zu Papa. Aber wir waren doch auch noch da. Sie blieb zwar allein, aber doch nicht ganz allein. Ich war einmal mehr niemand. Papa hatte gewartet auf mich, bis ich aus Sobernheim zurück war. Das fühlte ich. Ich war dankbar, dass wir uns verabschieden konnten.

Ich dachte, ich bin unsichtbar für Mama.

Mein Vater sagte noch, sie müsse bei uns bleiben, sie müsse auf uns aufpassen, bis wir – und jetzt erinnere ich mich nicht mehr, ob er sagte, bis wir versorgt seien, oder bis wir geheiratet hätten. Diese Szene hat sich von da an in mein tägliches Leben eingebrannt.

Ich lebte in ständiger Sorge, dass Mama sich das Leben nehmen würde. Manchmal sagte sie, sie würde am liebsten das Auto nehmen und gegen einen Baum fahren. Sie hatte ja tatsächlich einen Grund, den ich verstanden hätte.

Ich musste dafür sorgen, dass meine Mutter bei uns blieb.

Ich durfte sie auf keinen Fall verlieren. Daher musste ich, so gut es ging, funktionieren und ihr keinen Kummer machen. Da ich immer auf Katastrophen gefasst war, hatte ich mich relativ schnell mit dem Tod meines Vaters arrangiert. Ich versuchte, stark zu sein. Ich dachte, jetzt kommt es darauf an, was ich aus der Situation mache. Wenn ich im Leid versinke, würde bald nichts mehr von mir übrig sein. Mein erklärtes Ziel war es, meine Mutter glücklich zu sehen.

Es gab Tage, an denen mich die Traurigkeit in unserem Haus ausfüllte.

Zu Hause tat ich alles, um Mama das Leben so leicht wie möglich zu machen. Ich war die Liebe, die Gute. Das Böse, das Egoistische, das jeder Mensch in sich trägt, verbot ich mir zu Hause.

Mama hatte eine furchtbar schwere Kindheit gehabt und hatte nun auch noch Papa als ihren Schutzschild verloren. Ich ließ sie selten allein, war fast immer zur Stelle. Zoé auch. Sie war bereits liiert, und daher übernachtete sie öfters woanders. Mama ertrug das schwer, sie schimpfte mit Zoé und sagte, sie übernähme keinerlei Verantwortung für mich.

Ich stimmte mit Mama nicht überein, aber ich versuchte, Zoé zu erklären, dass es besser wäre, wenn sie wenigstens unter der Woche bei uns bliebe. Zoés damaliger Freund protestierte. Sie war ständig zwischen ihm und Mama hin- und hergerissen und hätte selbst so dringend einen Ort der Ruhe gebraucht.

Das Recht auf Ruhe gewährte Mama ihr nicht. Insbesondere längeres Schlafen oder einfach so im Bett Liegen strapazierten Mamas Nerven. Sie weckte meine Schwester am Wochenende früh, auch wenn sie abends spät zu Bett gegangen war.

Schlafen war Leben, Schlafen war Genuss, und genießen durften wir nicht. Das ließ Mamas Psyche nicht zu. Schlafen war für Mama ein sicheres Indiz für depressives Verhalten. Daher stand ich samstags früh auf und holte Brötchen, um auf Mama ausgleichend zu wirken, wenn Zoé länger im Bett liegen blieb.

Innerlich gab ich Zoé bei Streitigkeiten oft recht, doch die Loyalität zu meiner Mutter war so groß, dass ich immer versuchte, Zoé zunächst diplomatisch, dann energisch in Mamas Willen zu treiben. Im Zweifel war ich für Mama, denn sie konnte mir entschwinden. Zoé würde bleiben – das wusste ich.

Mit meinem Vater starb jegliche Normalität. Meine Tante, mein Opa und meine Oma übernahmen fürs Erste das Ruder bei uns. Mama war gelähmt vor Trauer. Sie aß wenig, rauchte ständig, und nachts lagen Zoé und ich in Mamas Bett und redeten stundenlang. Worüber? Ich weiß es nicht mehr.

Jahrelang aßen wir tagsüber nichts. Zu Papas Lebzeiten hatten wir immer zusammen gegessen. Vier Deckchen, vier Gläser, vier Gabeln, vier Messer.

Immer wenn ich den Tisch für uns drei decken wollte, war die Reduzierung von vier auf drei so sichtbar und schmerzhaft, dass ich die Deckchen wieder in den Schubladen verstaute.

Überhaupt achtete ich darauf, dass die Küche klinisch sauber war. Mama mochte keine Unordnung, sie mochte kein Zeichen eines normalen Alltags, alles musste immer so aussehen, als würde niemand bei uns wohnen. Ich half ihr, die Küche clean zu halten. Wenn ich mit einer Freundin Tee in der Küche trank, wischte ich panisch alles zehnmal sauber, da ich wusste, dass Mama sonst unzufrieden wäre. Vielleicht hatte sie ein schlechtes Gewissen, zu essen, vielleicht hatte sie ein schlechtes Gewissen, zu leben.

In meinem Zimmer dagegen wütete das Chaos. Ich bin bis heute allergisch gegen Leute, die alles ständig weg- und aufräumen müssen. Sauber habe ich es auch, aber es muss sichtbar sein, dass ein Lebewesen im Raum wohnt. Ich hasse es, wenn alle Anzeichen meines Lebens ständig weggeräumt werden und wenn nichts rumliegen darf.

Es ist schwer, sich zwischen deutschem Ordnungswahn und jüdischer Kontrollsucht zu bewegen.

Deswegen habe ich während meiner Abiturlernphase wahrscheinlich das Wohnzimmer zu meinem Lernzimmer umfunktioniert. Ich konnte es nicht mehr ertragen, dass man ständig versuchte, meine Spuren zu verwischen.

Mamas unterbewusstes Ich konnte nicht frei sein, da sich in ihr das schlechte Gewissen meiner Großeltern, am Leben geblieben zu sein, manifestierte und sich zudem der Tod bei meinem Vater durchgesetzt hatte, sodass ihr ein Leben in seiner üblichen Form unmöglich war.

Papas Mutter war nichtjüdisch, und da Papas Vater das Glück hatte, während der Verfolgung von Zeugen Jehovas jahrelang im Keller versteckt worden zu sein, war Papa nicht so traumatisiert wie meine Mama und meine Tante.

Papa hatte das Band zwischen meinen Großeltern, meiner Tante und meiner Mama etwas aufgelockert. Rückblickend denke ich, dass Papa die Gespenster des Holocausts durch seine Persönlichkeit und durch den Aufbau seiner Firma für einige Zeit verdrängt hat. Als er dann starb, wachten sie alle wieder auf, und ich hatte das Gefühl, im Chaos zu versinken.

Meine Schwester Zoé

Zoé übernahm es, sich um mich zu kümmern. Zoé ist die großzügigste, herzlichste und wärmste Schwester und heute auch Mutter, die man sich wünschen kann. Ihre Fürsorge stieß ich oft von mir, weil ich Fürsorge von Mama einforderte. Ich dachte, Zoé müsse mich nicht behüten, ich hätte doch eine Mutter. Neben Zoé fühlte ich mich oft so, als wären wir Waisen, die gegen den Rest der Welt ankommen müssten.

Zoé war nie eifersüchtig auf mich, wenn ich den Bonus der Jüngeren erhielt. Ich habe erst später begriffen, dass Geschwister normalerweise aufeinander neidisch und eifersüchtig sind.

Zoé sorgte sich immer darum, dass es mir gut ging. Wenn sie von der Schule kam, kam sie in mein Zimmer gerannt, als müsse sie nachsehen, ob ich noch lebe. Sie hob mich oft auf ihre Kommode und sagte: »Hör mal, du kannst mit mir über alles reden, immer und zu jeder Zeit. Verstehst du, was ich meine?«

Ich wusste damals nicht, was ich mit ihr bereden sollte. Ich war ganz einfach zu klein, um zu verstehen, dass sie mich vor der schrecklichen Erlebniswelt unserer Großeltern und dem Umgang damit behüten wollte.

Zoé war vier, als meine Tante sie vor den Fernseher setzte,

um mit ihr den Film »Holocaust« in ganzer Länge anzuschauen. Die Bilder müssen sich tief ins Gedächtnis meiner Schwester eingebrannt haben. Sie hat meiner Mutter hin und wieder mit Recht vorgeworfen, dem Aufklärungsprogramm meiner Tante schonungslos ausgeliefert worden zu sein. Oft verbrachte Zoé die Sommerferien ganz allein bei meiner Tante, Oma und Opa in Israel. Meine Mutter dachte sich nichts dabei, ein zwei-, dreijähriges Kind drei bis vier Wochen zu ihren Eltern und ihrer Schwester nach Israel fliegen zu lassen.

Rachel zeigte Zoé also den Film »Holocaust« und ging anschließend zu Oma. Sie zeigte meiner Schwester an Omas Körper die vielen Narben, die ihr KZ-Ärzte und SS-Männer zugefügt hatten. Schließlich schloss sie ihre Aufklärungsrunde mit dem Satz: »Jetzt weißt du, wer die Deutschen sind, die Deutschen sind Mörder.«

Ich denke, Zoé wollte verhindern, dass ich Ähnliches erlebe. Sie verteidigte mich in der Familie, auf dem Spielplatz, vor ersten Verehrern wie eine Löwin. Vor allem achtete sie darauf, dass ich nicht so oft mir überlassen blieb. Sie sparte Geld, um mir kindergerechtes Spielzeug zu kaufen. Puzzles, Puppen, Aufkleber – damit versorgte mich meine Schwester, nicht meine Eltern. Zoé wollte nicht, dass die Isolation, die ihr die Erwachsenen zugemutet hatten, auch mich erreichte. Dabei hatte ich mit meiner Geburt ihre Isolation durchbrochen.

Manchmal fragte sie mich dreimal nacheinander, ob es mir wirklich gut ginge. Ich versicherte ihr das dreimal. Als ich älter wurde, wusste ich, wieso Zoé sich nie von mir verdrängt fühlte und mich immer überall dabeihaben wollte. Nachts kam sie zu mir ins Bett gekrochen und schlang ihre Arme so eng um meinen kleinen Körper, dass ich dachte, ich würde ersticken.

Ich fühlte, dass Zoé das brauchte, und wehrte mich nicht mehr gegen ihre hilflosen Umarmungen.

Ich denke, dass dies bis in meine heutige Beziehung hinein eine Rolle spielt. Mein Freund ist der einzige Mensch, der mir begegnet ist, bei dem ich das Gefühl habe, dass er wirklich mich umarmt. Er umarmt nicht sein Defizit aus der Kindheit oder das Loch, das andere in ihm hinterlassen haben. Ich bin kein Ersatz für irgendetwas, sondern Channah.

Zoé war neun, und ich war drei, als ich zwei Jahre lang jede Nacht aufschreckte, weil meine Eltern ins Büro gefahren waren, um an der Dissertation meines Vaters zu arbeiten. Ich wachte auf und hörte Zoés vertrautes Atmen. Ich schrie nach Mama und Papa und ging den unheimlichen langen Flur der Altbauwohnung entlang. Ich hatte furchtbare Angst vor den großen Mänteln meines Vaters, die im Flur hingen. In meiner Fantasie waren sie Indianer, die mir auflauerten, um mir die Haut vom Leib zu ziehen. Sobald ich endlich das elterliche Schlafzimmer erreicht hatte, musste ich feststellen, dass meine Eltern nicht in ihren Betten lagen.

Ich weinte, ich fühlte mich hilflos. Ich weckte Zoé mit meinem Wimmern auf. Sie kam zu mir, beruhigte mich und wiegte mich in den Schlaf. Nie war sie meines Weinens überdrüssig, nie sagte sie ein böses Wort. Sie hielt mich nur fest und tröstete mich, und manchmal tröstete sie sich selbst. Wenn Zoé so fest schlief, dass mein Weinen sie nicht weckte, setzte ich mich in den Erker. Vom Fenster aus überblickte ich die Straße und wartete auf meine Eltern.

Wenn sie kamen, sah ich sie Arm in Arm über die Straße gehen. Sie wirkten dann sehr fröhlich. Sie schauten jedes Mal nach oben, lachten und winkten. Dieses Bild hat sich in mein

Gedächtnis eingebrannt. Wenn sie dann hochkamen, nahmen sie mich in den Arm und brachten mich ins Bett. Ich kann im Rückblick weder ein schlechtes Gewissen noch Unbehagen oder Überraschung über meine Angst aus ihren Gesichtern lesen. Im Gegenteil, ich sehe Freude auf ihren Gesichtern darüber, dass da ein kleines Bündel weinte und ihre Abwesenheit betrauerte. Die Freude hatte ihren Grund in der von mir ausgelösten Behaglichkeit, geliebt und vermisst zu werden.

Als ich dies erkannte, war ich empört. Wie konnte man junge Kinder nachts so oft allein lassen? Ich fand es unnötig, unverantwortlich und nachlässig. Zoé bekam meinetwegen oft nicht genügend Schlaf. Oft war sie morgens müde und kam zu spät in die Schule. Auch die Lehrer in der Schule sprachen Mama auf Zoés Müdigkeit an. Ich glaube nicht, dass Mama einen Zusammenhang zwischen den nächtlichen Aufbrüchen und Zoés Müdigkeit sah. Wir hatten ja alles, was wir brauchten, in der Wohnung.

Irgendwann machte ich meiner Mutter Vorwürfe deswegen. Wir redeten ganz unbefangen, und sie meinte: »Du warst wirklich ein richtig ängstliches Kind und hast im Urlaub, wenn du zum Beispiel auf Toilette gegangen bist, zehnmal den Treffpunkt abklären müssen. Du hast immer gefragt, Mama, du bleibst sicher hier, bis ich wiederkomme.« Meine Mutter lachte darüber.

Schon kroch die vertraute Angst wieder in den Nacken. Ich wusste plötzlich, wieso ich mich immer absichern musste.

Ich sagte: »Ich bin nicht von Natur aus ängstlich, ihr habt nur nie etwas mit mir abgeklärt, ich konnte mich noch nicht mal auf eure tägliche Anwesenheit verlassen. Immer seid ihr weg gewesen, zu zweit, ohne Erklärung, ohne Vorwarnung.

Ich bin ins Bett gegangen mit dem Bewusstsein, dass ihr, wenn ich aufwache, noch da seid. Aber dann wart ihr nie da und seid oft erst Stunden später gekommen. Damals gab es noch keine Babyfunkgeräte oder Handys. Wir hätten ja auch sonst was anstellen können.«

Mama verstand zunächst überhaupt nicht, warum ich mich so aufregte. »Ihr wart doch zu zweit und in Sicherheit«, entgegnete sie. Wir haben ja gewartet, bis ihr eingeschlafen wart.« Ich fand das noch schlimmer, besser wäre es doch gewesen, uns im wachen Zustand aufzuklären und nicht klammheimlich zu verschwinden.

Ich tat Mama richtig leid. Sie versuchte, sich zu verteidigen. »Papa hat mich ganz einfach in der Zeit gebraucht. Er konnte sich so gut konzentrieren, wenn ich dabei war.«

Wer braucht einen mehr, ein dreijähriges und ein neunjähriges Mädchen oder ein sechsunddreißig Jahre alter Mann? Ich hatte sowieso meine eigene Version. Mama wollte einfach weg von zu Hause, weg von den Pflichten, wollte in Papas Nähe sein.

Mama erzählte mir dann, dass ihre Schwester und sie mit sieben und neun bereits allein in Frankfurt gewohnt hätten.

Oma und Opa hatten in Gießen zu tun gehabt. Eine Nachbarin hatte regelmäßig nach den beiden Mädchen gesehen. Opa und Oma waren alle paar Wochen gekommen, um nach ihren Kindern zu schauen.

Nachdem ich dies erfahren hatte, war ich nicht mehr böse auf Mama. Wie konnte ich es nicht verzeihen, dass sie mich und Zoé alleine gelassen hatte?

Meine Tante Rachel

Mein Handy klingelt. »Hallo, Rachel.«

»Hallo, Channele, wie geht es dir?«

»Gut, danke, ich bin gerade einkaufen. Und dir?«

»Ganz gut«, sagt Rachel. Gut und einfach nur gut, sagt man in meiner Familie nie. Ganz gut das heißt, es ist alles in Ordnung, bis auf das, was immer schlecht ist, und das ist ja immer da, das Schlechte, daher bekomme ich immer nur ein »ganz gut« zu hören.

»Weißt du, Channele, ich wollte dir noch eine Geschichte von Oma erzählen, für dein Buch.«

»Ja, gut, dann treffen wir uns mal in Ruhe, ja?«

Ich schaue auf die Kondome und den knallpinken Nagellack in meinem Einkaufswagen. Ich nehme sie raus und lege sie angewidert zurück.

Rachel: »Ja, wann kannst du denn?«

Ich komme gerade aus der Bibliothek. Ich wollte mir etwas zu essen machen und mich dann mit einer Maske und Nagellack für drei geschriebene Seiten meiner Doktorarbeit belohnen. Ich will jetzt keine Holocaustgeschichten hören. Mit Rachel über den Holocaust zu reden, hat einen sehr hohen Grad an Intensität. Sie fühlt das Leid ihrer Eltern, als hätte sie es selbst erlebt. Manchmal denke ich, dass sie es in dem gepeinigten Körper von Oma erlebt hat. Als sie geboren wurde, sagte der Arzt zu meiner Oma: »Sie ist mit deinen Nerven auf die Welt gekommen.« Der Arzt hatte Oma geholfen, nach den Sterilisationsversuchen der Nazis wieder Kinder zu bekommen.

Nach einem Gespräch mit Rachel über den Holocaust kann man mich nicht mehr gebrauchen, und ich wollte doch den Abend genießen. Andererseits freue ich mich sehr über ihre Unterstützung. »Ich melde mich auf jeden Fall, wenn ich ein bisschen freier bin, ja?«

Rachel: »Gut, *schonkheit*, mach das.«

Ich lege schnell auf, um die Toten aus meinem Kopf zu bekommen.

Zwei Tage später ist Schabbes. Freitag. Nach dem Tod von Opa und nach meiner Scheidung kann ich mich nicht mehr richtig zum Schabbat aufraffen, obwohl ich mich jeden Freitag danach sehne. Aus meinem friedlichen Bild von einem Freitagabend in der Familie mit meinem Partner ist einfach nichts geworden.

Die Stimmung ist immer etwas heikel, also beschließe ich oft, als Einzige dem Schabbat fernzubleiben. Ich sehe meine Familienmitglieder gerne alle einzeln, dann ist der Streitfaktor am geringsten.

Mama und Rachel halten Schabbes immer ein. Mich beruhigt das. Diesen Freitag rufe ich sie an, ob ich vielleicht zu ihnen kommen könnte, damit sie mir die Stimmung ihrer Kindheit nahebringen, um sie dann besser beschreiben zu können. Ich füge hinzu, dass ich wirklich darum bitte, dass wir nicht streiten, aber ich weiß, dass es unausweichlich zum

Streit kommen wird. »Nein, Quatsch«, sagen beide fröhlich ins Telefon, »warum sollten wir uns streiten?«

»Gut«, sage ich, »dann komme ich.« Ich nehme ein Taxi, weil ich müde bin, obwohl ich eigentlich sparen möchte. Zehn Minuten später bin ich in Mamas Wohnung. Wir trinken Tee, dann sage ich, dass es mir nicht so sehr um Daten und Fakten geht, sondern mehr um ihre Gefühle und Emotionen. Ich will unbedingt ein Kapitel über Mama und Rachels Kindheit schreiben, um zu zeigen, wie wenig Kraft ihre Eltern hatten, mit ihnen alltägliche Dinge zu meistern. Ich will zeigen, wie viel Verantwortung sie als Kinder übernehmen mussten. Ich will das alles beschreiben, damit jeder den Fortschritt sieht, den Mama und Rachel gemacht haben. Ich will davon erzählen, dass trotz der ganzen Zerstörung, die über meiner Familie lag, die Liebe von Mama zu uns immer gesiegt hat.

»Könnt ihr mir sagen, wann ihr alleine in Frankfurt gewohnt habt?«

Mama: »Das war 1959. Ich war sieben, und Rachel war neun.«

»Da kamt ihr gerade aus Schweden, ja?«

»Ja, das war der Sommer«, sagt Rachel.

»Und Oma und Opa haben in Gießen gearbeitet?«

»Ja.«

»Wie sah denn euer Alltag aus, wie habt ihr euch versorgt, was habt ihr gegessen?«

Mama: »Mama kam manchmal am Wochenende und hat dann für die Woche gekocht.«

Rachel: »Mama kam jede Woche dreimal.«

Mama: »Was? Du spinnst wohl, wann soll sie denn nach der Arbeit Kraft gehabt haben, von Gießen nach Frankfurt zu fahren? Die Nachbarin hat ab und zu nach uns geschaut, mehr nicht.«

Rachel: »Also Naomi! Das stimmt einfach nicht. Mama hat uns immer Suppe gemacht.«

Mama: »Du hast wirklich alles verdrängt, du erinnerst dich ja an gar nichts mehr.«

Toll, denke ich, schon die erste Frage ist ein Riesenproblem. Ihre Reaktionen sind übrigens typisch. Während Rachel versucht, das Verhalten meiner Großeltern zu verstehen und zu rechtfertigen, kommt Mama nicht damit zurecht, dass ihre Sicht der Dinge verdreht wird.

»Also gut«, sage ich, »vielleicht können wir erst etwas anderes besprechen.«

»Channele, ja? Ich wollte dir doch noch mal die Geschichten von Oma erzählen.«

»Ja«, sage ich, »dann erzähle sie mir.« Während ich das sage, würde ich gerne in friedlicher Stimmung bei Mama und Rachel sitzen. Mama ist jetzt sauer, weil Rachel in ihren Augen alles vergessen hat. Sie fühlt sich alleine.

Rachel fühlt sich auch alleine, weil Mama in ihren Augen die Eltern nicht genug respektiert. Ich weiß, dass jetzt die letzten Geschichten kommen, die ich noch nicht kenne. Ich weiß, dass ich sie fühle und dass sie in Rachel leben und dass sie sie geprägt und sich in ihr ausgebreitet haben. »Einen Moment«, sage ich. Ich gehe in die Küche und bestreiche vier Brote mit Nutella. Ich esse nicht Brot mit Nutella, sondern Nutella mit Brot. »So, ich bin bereit.«

Rachel: »Also, meine Mama war von 1945 bis 1948 in Schweden. Nach der Befreiung von Bergen-Belsen ist sie mit so einer Organisation nach Schweden. Davor hat man sie erst einmal sauber gemacht, entlaust und ihr Essen und Kleider gegeben.«

Ich: »Hat sie das selbst bestimmt, dass sie nach Schweden will?«

Rachel: »Nein, diese Organisation hat sich die Leute ausgesucht, denen man noch helfen konnte. Sie ist mit ihren Lagerfreundinnen zusammen nach Schweden gegangen. Die, die mit ihr eine Baracke geteilt haben und mit ihr befreit worden sind.«

Ich: »Kanntet ihr diese Frauen noch?«

Rachel: »Nein, ich weiß nur, dass sie in Schweden die erste Zeit mit ihnen zusammengelebt hat.«

Ich: »Sie müssen ihr sehr wichtig gewesen sein.«

Rachel: »Davon hat sie nie erzählt.«

Ich: »Woher hatte sie die Putzstelle?«

Rachel: »Von dieser Organisation. Sie haben ihr eine Familie vermittelt, die sehr reich war. Aber der Mann war in Ordnung. Oma hat sich gut mit ihnen verstanden. Sie hat dann schnell die Sprache gelernt.«

Ich: »Hat sie euch gegenüber erwähnt, dass das, da sie früher nicht putzen gehen musste, eine große Umstellung für sie war?«

Rachel: »Nein, sie hat sich nie beschwert, sie hat darüber nie gesprochen. Sie war sehr bescheiden. Weißt du, ich wollte dir was von ihrem Mann erzählen. Oma hatte ja zwei Töchter. Eine musste sie zu so einem großen Sammelplatz in Lodz bringen. Die Nazis haben gesagt, dass sie sie in ein Arbeitslager schicken. Aber meine Mama wusste natürlich, dass sie sie in den Tod schickten. Kurz danach brachte die SS junge holländische Jüdinnen nach Lodz. Die SS-Leute gingen mit ihnen etwas außerhalb in die Felder. Dort haben sie die Mädchen erschossen, und Omas Mann musste ihnen ihr Grab schaufeln und sie begraben. Er hat das gemacht, weil man ihn gezwungen hat. Während er die Mädchen begrub, streckte ihm ein angeschossenes Mädchen die Hände entgegen und fragte ihn: Wie kannst du nur so etwas tun.«

Ich schaue zu meiner Mutter: »Weißt du das auch?«

Mama nickt schweigend.

Rachel: »Danach hörte er auf, weiterzuschaufeln. Als die SS sah, dass er sich weigerte, schlugen sie ihn fast zu Tode. Er schaffte es irgendwie noch zurück zur Mama, die schnell einen Arzt rief. Mama hatte immer einen Notgroschen und konnte sich einen Arzt leisten. Dieser sagte, dass seine Lungen kaputt geschlagen worden seien und er nichts für ihn tun könne. Mamas Mann starb bei ihr zu Hause. Danach ist sie zu ihrer Mama. Sie musste für die deutschen Soldaten Kartoffeln schälen und hatte dadurch immer zu essen. Bei ihr wohnten auch die Zwillinge von Mamas ältestem Bruder. Die Mutter von der Mama und ihre Enkelkinder sind nach Auschwitz und dort in die Gaskammer gekommen.«

Ich: »Woher weißt du das?« Ich komme mir blöd vor, das zu fragen.

Rachel: »Channele, von Zeugenberichten. Von Überlebenden, die das der Oma dann gesagt haben. Die Kinder und die älteren Leute sind doch alle gleich ins Gas. Oma kam nach Bergen-Belsen, um zu arbeiten. Sie kam erst nach Tschenstochau, dann nach Ravensbrück und dann nach Bergen-Belsen.«

Ich: »Weißt du, ob Oma sich mit ihrem Baby dann versteckt hat?«

Rachel: »Nein, sie hat sich nicht versteckt. Sie hatte das

Baby immer bei sich. Eines Tages musste sie zwischen ihrer Wohnung und der von ihrer Mutter pendeln. Sie hatte das Baby auf einem kleinen Wagen unter einem Kartoffelsack versteckt. Als ein SS-Mann sie mit dem Sack sah, hat er sie gefragt, was sie da unter dem Sack hat. Er hob den Kartoffelsack hoch und nahm ihr das Kind einfach weg.«

Rachel lässt die Stelle aus, wie der SS-Mann das Kind auf den Transporter mit den anderen Kindern schmeißt. Sie lässt auch die Stelle aus, wie Oma sich schon in Sicherheit wiegt und ihr Baby in die Luft hebt, um es vor Freude zu küssen.

Erst dann kam der SS-Mann, um ihr das Kind aus den Armen zu reißen. Die Babys wurden in Auschwitz bei lebendigem Leibe verbrannt. Dahinter steckte kein Effektivitätsgedanke, sondern nur pure Grausamkeit. Vielleicht musste man am Gas sparen. Ich weiß es nicht.

Jetzt sitze ich in der Deutschen Bibliothek, die so ganz uneffektiv erst um zehn Uhr morgens öffnet und auch viel zu früh schließt. Ich ärgere mich über die ungünstigen Öffnungszeiten.

Die Bank

Nach meiner Scheidung dachte ich, ich würde buchstäblich in der Gosse landen. Ich wurde dazu erzogen, eine brave Ehefrau zu sein. Ohne Mann hat eine Frau keinen Wert. Allein ist man unvollständig – sagt meine Mutter. In ihren Augen ist es gut, einen Versorger zu haben. Die Erkenntnis, dass ich mich selbst versorgen kann und hierzu auch alle Fähigkeiten besitze, kam erst sehr spät.

Als ich geschieden wurde, besaß ich also keinen einzigen Euro. Ich rief einen guten Freund an, der in einer Großbank arbeitet, und sagte ihm, ich benötige dringend einen Job. Ich hatte die Klausuren meines ersten juristischen Staatsexamens hinter mir und wartete auf die Ergebnisse.

Eine Woche später stand ich im Atrium des luxuriösen Gebäudes der Großbank und wartete auf ein Vorstellungsgespräch für ein Praktikum im Bereich Private Wealth Management. Es war kurz vor Weihnachten, und in dem Glasbaukasten, in dem ich mich befand, stand ein riesengroßer Weihnachtsbaum. Die Flachbildschirme zeigten die neuesten Aktienkurse an. Die Atmosphäre erinnerte mich an die New Yorker Brokerfilme und gleichzeitig an »Kevin allein zu Haus«. Ich fühlte mich wohl, die neue Welt hatte etwas Faszinierendes.

Ich war nicht nervös. Ich wollte hier bleiben, und in dem Moment, als das Glas, der Reichtum der Bank und die goldenen Weihnachtskugeln auf mich wirkten, wusste ich, dass ich nicht eher Ruhe geben würde, bis ich den Eintritt in dieses Haifischbecken geschafft hätte. Ich hatte außer meinem Jurastudium, diversen Nebenjobs als Hostess und einigen Praktika in Toronto nichts Besonderes vorzuweisen. Aber ich hatte es so satt, immer lieb zu sein, ich wollte endlich so etwas wie eine Plattform haben, auf der auch ich mich austoben durfte. Die Schule, das Studium, ein Job, das war für mich immer Erholungszeit von den Emotionen zu Hause gewesen. Die Schule war für mich ein großer Freizeitaufenthalt mit Freunden, und abgesehen davon, bekam man Wissen umsonst vermittelt. Ich wusste immer zu schätzen, dass ich mich bilden durfte.

Ich wurde von der Sekretärin abgeholt, die mich, wie sie sagte, in den fünften Stock bringen sollte. Ich spürte, wie Hüllen von mir abfielen, als ich, von der Sekretärin gemustert, in dem Glasaufzug nach oben fuhr. Ich sah das Label der Bank und dachte, ja, es ist noch nicht zu spät. Du könntest das Ruder rumreißen und etwas aus deinem Leben machen, ihm eine eigene Richtung geben. Als ich aus dem Aufzug stieg, hatte ich das Gefühl, eine Matrix zu durchqueren.

Von meinem Hausarzt bis zu meinem Reisebüro sind alle Kontakte jüdisch. Mich alleine bei einem deutschen Unternehmen zu bewerben, gab mir das erste Mal das Gefühl, Teil der deutschen Gesellschaft zu sein. Ich hatte mich gut auf das Gespräch vorbereitet. Ich hatte drei Bücher über Private Wealth Management gelesen und meinen CV so frisiert, dass jede einzelne Tätigkeit einen eigenen Wert für die Bank darstellte. Sich in einem System anzupassen, sich einzufügen, sich den Deutschen zunutze machen, das liegt mir im Blut. Das wäre doch gelacht, sagte ich mir, wenn es mir nicht gelingen würde, euch meine Arbeitskraft so zur Verfügung zu stellen, dass ihr mit mir zufrieden seid. Ich weiß, wie ihr tickt, effizient, geordnet, opportunistisch ... Hart wie Kruppstahl, hörte ich die Stimme meines Opas in mir. Gut, dass ich Boxen in die Spalte der Hobbys eingetragen hatte.

Die gesamte Bank war aus Glas. Man konnte in jeden Raum hineinschauen. Der Raum, in den mich die Sekretärin gesetzt hatte, war komplett durchsichtig, sodass alle Mitarbeiter im Vorbeigehen neugierig hineinspähen konnten, während ich auf die Chefin der Abteilung und eine Hauptkraft des Teams wartete, die man mir angekündigt hatte.

Die beiden Damen nahmen aufgeregt vor mir Platz. Ihre zwei Augenpaare waren auf mich gerichtet und prüften mich. Ich musste innerlich schmunzeln. Ich dachte: Ihr denkt wohl, eure Mehrheit, eure transparenten Räume und die prüfungsähnliche Situation beunruhigen mich, machen mich nervös?

Aber was ist das schon? Meine Oma hatte nackt vor SS-Männern Appell stehen und sich im Takt bücken müssen, hatte gesehen, wie die Frau neben ihr erschossen wurde, weil sie zu schwach war, um schnell genug zu laufen. Ich gewann an Sicherheit. Ich war belustigt, ich war amüsiert. Ist das hier das ganze Theater der großen Banken, ja, bitte, was wollen Sie denn wissen? Ich bin die, die Sie haben wollen, ich putze Ihnen auch die Schuhe, wenn es Sie glücklich macht. Ich musste mich beherrschen. Nichts an meiner Person ließ äußerlich auf diesen Sarkasmus, den ich von Geburt an in mir trage, schließen.

Die Chefin eröffnete das Gespräch: »Vielleicht erzählen Sie uns erst mal etwas zu Ihrer Person.« Oh ja, dachte ich, das kann ich. Da ich tendenziell eher ein zurückhaltender Mensch bin, hatte ich mir vorher überlegt, dass ich bei dem Gespräch zwar nicht den ganzen Oberkörper, aber zumindest die Ellbogen auf den Tisch legen würde, um zu symbolisieren, dass ich diesen Ort nicht annektieren, aber an ihm teilhaben will.

Ich lehnte mich also ein Stück weit nach vorne und sagte: »Ich freue mich, dass ich mich Ihnen heute vorstellen darf. Ich habe in Frankfurt Jura studiert und warte derzeit auf die schriftlichen Ergebnisse meiner Noten. Die Zwischenzeit wollte ich dazu nutzen, die Bank als Arbeitsfeld kennenzulernen …« Ich sah beide Personen offen an und merkte, dass dies auf Gefallen stieß. (Ja, wenige Leute können dem Gegenüber in die Augen schauen, dachte ich, und Deutschen fällt Konversation naturgemäß ja eh schwer.)

Die sogenannte Hauptkraft des Teams fragte mich, ob ich denn je schon eigenverantwortlich gearbeitet hätte. Selbstverständlich, und bei meiner Antwort griff ich auf die gesamte Palette meiner Studienpraktika zurück, um nachhaltig zu glänzen. Nichtjuristen kann man ja rasend schnell mit juristischem Fachchinesisch beeindrucken. Ich merkte, dass die Damen von den juristischen Schlagwörtern beeindruckt waren und so taten, als verstünden sie alles, was ich ihnen erzählte.

Ob ich denn auch einen guten Umgang mit dem Computer hätte? Mist, dachte ich. Ich weiß, wie man ihn einschaltet, und ich weiß, wie ich auf Google komme. Rasch schob ich meine leicht beschränkten Computerkenntnisse auf die Juristenausbildung – dass man viel zu wenig Übung mit dem Computer hätte … Da mein Vater jedoch Systemanalytiker war, hatte ich trotzdem einiges mitbekommen.

Auch Excel? Mist, was sollte ich sagen, ich konnte es einfach nicht. Aber ich wollte das Praktikum so sehr. Also sagte ich, dass ich bereits eine Privatnachhilfe engagiert hätte und gerade die gängigen Programme studierte, um in spätestens einer Woche fit und einsetzbar zu sein.

Die beiden Damen zogen sich zur Beratung zurück. Es dauerte – was mich wunderte. Ich fand mich sehr überzeugend. Mich darf man nicht warten lassen, ich bin äußerst ungeduldig. Sie kamen zurück, dann gingen sie wieder.

Schließlich öffneten sie die Tür und sagten, dass ich zwar keine Computerkenntnisse hätte und auch sonst keinen Bezug zur Personalverwaltung nachweisen könnte, dass meine Persönlichkeit aber so überzeugend sei, dass sie mir eine Chance geben wollten, dieses Praktikum zu absolvieren.

Ich freute mich riesig. Trotzdem war ich enttäuscht. Ich hätte zu gerne einmal durch Leistung und nicht durch einen emotionalen Hochseilakt gewonnen.

In den folgenden Tagen ging ich der Sekretärin schwer auf die Nerven. Erst hatte sie Angst davor, ich könnte ihr ihren Job streitig machen. Sie lud mich gleich am ersten Abend zum Essen ein, um mich auszuspionieren. Familienhintergründe? Bildung? Sie wollte eindeutig wissen, mit wem sie es zu tun hatte. Ich beruhigte sie, stellte mich blöd und lieferte ihr das Bild, das sie haben wollte. Unerfahren im Beruf, gerade geschieden, unendlich dankbar, einen Praktikumsplatz ergattert zu haben. Armes Frauchen in der Welt. Sich bei Frauen beziehungsmäßig kleinzumachen, funktioniert immer. Garantierter Neidabwendungsfaktor. Ich will gar nicht die Starke vor dir sein, dachte ich. Präsentiere ich mich stark, wird das deinen Neid wecken.

Deutscher Volksneid hat ja letztlich zu der ganzen Katastrophe geführt, sodass ich weiß, zu was neidische Menschen fähig sind. Ich bin wirklich ein echter Menschenfreund, ich mag es nur nicht, gleich eingeordnet zu werden. Sich mit den Sekretärinnen gut zu stellen, ist auf jeden Fall hilfreich, dachte ich.

Das brachte rein gar nichts. Im Gegenteil. Schon in den ersten Tagen des Praktikums habe ich Konkurrenz am Arbeitsplatz erlebt. Das ganze Programm: Bloßstellung, Einreichung falscher Unterlagen ins Meeting, Nach-unten-Treten in der Hierarchie. Wenn ich fertig oder angespannt aus einem Meeting kam, hielt sie mir immer ihre Süßigkeitenbox hin: »Was Süßes? Ein Gummibärchen oder 'ne saure Zunge? Brauchst jetzt bisschen Nervennahrung.«

Ach, darum geht es hier, dachte ich, um Intrigen am Arbeitsplatz? Wieder musste ich in mich reinlächeln. Warte, dachte ich, ich kenne die Menschen besser als du, ich kenne den gesamten Abgrund, ich bin Härteres gewohnt. Du glaubst, ich heul hier rum, weil du zur Chefin rennst und sagst, die neue Praktikantin sei eine Katastrophe, weil sie den Drucker nicht bedienen könne. Ich bin gut im Ausharren. Ich bin stärker als du. Ich blieb auch freundlich, als sie mich im Großraumbüro vor vierzig Leuten anschrie – und blieb ruhig. Katastrophensituationen sind mein Spezialgebiet, da komme ich erst richtig in Schwung. Dann war sie es, die vor Aufregung platzte und aus dem Büro rauschte. Ich sagte laut: »Die Arme, ich denke, sie ist wirklich arg überarbeitet.« Was dazu führte, dass sie es in der Folgezeit noch heftiger auf mich abgesehen hatte.

Irgendwie machte es mir Spaß, mich hier zu beweisen. Ich konnte endlich berechtigterweise »zurückschlagen«. Bei meinen Großeltern und meiner Mama hatte ich immer das Gefühl, aufgrund ihrer »Schonungsbedürftigkeit« ihren Willen über meinen stellen zu müssen. Mich erinnert diese Tatsache an das eingeschränkte Notwehrrecht im Strafrecht. Der Gesetzgeber gibt seinen Bürgern mit der Notwehr ein scharfes Schwert (wie es im juristischen Jargon heißt) in die Hand. Das Unrecht braucht dem Recht nicht zu weichen. Wir dürfen uns angemessen verteidigen, wenn wir angegriffen werden. Gegen Kinder, ersichtlich Irrende und Schuldunfähige hingegen darf man sich nicht so verteidigen wie sonst bei Angriffen durch Dritte. Hier gilt ein abgestuftes Notwehrrecht. Man muss seine Verteidigungshandlung seinem eingeschränkten Gegenüber anpassen.

So jedenfalls hatte ich mich immer bei den Auseinandersetzungen mit meiner Familie gefühlt: Mein eigener Wille, mein Notwehrrecht war und bleibt aus sozial-ethischen Gründen eingeschränkt.

Meine Großeltern und meine Mama hatten so viel erlitten, dass ich mich einfach schon oft schlecht fühlte, wenn es mir gut ging und ihnen nicht. An einen starken Angriff oder eine Verteidigung war gar nicht zu denken. Bei der Sekretärin aber lief es anders. Als ihre Spitzen immer stärker wurden, dachte ich, gut, wenn du es so haben willst, muss ich eben mit dem Recht des Stärkeren zurückschlagen. Ich nahm mir vor, mich mit einem hohen Tier anzufreunden, um unter seinem Schutz den Attacken der Sekretärin nicht mehr ausgeliefert zu sein.

Im Aufzug sprach ich den obersten Manager der Private-Wealth-Management-Abteilung an. Aufzüge sind einfach gute Orte, um Männern etwas mitzuteilen. Ich glaube, es ist schon viel, wenn sie nach der Fahrt noch wissen, in welches Zimmer sie laufen müssen. Ich habe das Gefühl, die Fantasie geht dann besonders gern mit ihnen durch. Mit einem breiten Lächeln fragte ich ihn, wo er denn immer seinen Starbucks Coffee holen würde. Mit seinem Kaffee und seinem Rucksack kam er mir einfach vor wie ein Schuljunge. Wir kamen sofort ins Gespräch, und ich fragte ihn, ob er mir bei Gelegenheit mehr über die PWM-Produkte und seinen Job erzählen könnte.

Ja, ich solle gleich um zehn Uhr in sein Büro kommen, da könnten wir uns in Ruhe unterhalten. Perfekt, jetzt würde die Sekretärin große Augen machen. Um kurz vor zehn sagte ich ihr Bescheid, dass ich mal ein Stündchen bei Herrn Müller sei. Ihre Kinnlade klappte runter. »Wie … was wollen Sie denn von dem?«

Ich sagte unschuldig: »Gar nichts, er hat mich gebeten, in sein Büro zu kommen, damit er mir etwas mehr über die Zusammenhänge von PWM erklären kann.« Bingo, dachte ich, sie kam aus dem Staunen nicht mehr heraus. »Ich beeile mich«, sagte ich, »ich muss ja noch unser Protokoll für den Jour fixe fertigstellen. Bis gleich.« Ich rauschte glücklich davon.

Herr Müller sah schon auf die Uhr, ich war extra zwei Minuten später losgegangen. Interessant machen funktioniert ja immer und überall. Männer sind ja wirklich kalkulierbar.

Mit drei weiteren Herren saß Herr Müller im Glasbaukasten, den er jetzt verlassen musste. Ich winkte durch die Glasscheibe, und alle vier Männer schauten mich an. Das musste man auch aushalten können. Der gläserne Mensch. Glasräume sind unnatürlich. Der erste Schritt zur Entindividualisierung.

Dann sahen die drei von mir zu Herrn Müller, der jugendlich beschwingt von seinem Drehstuhl aufgestanden war. Einer der Herren lehnte sich in seinem Stuhl zurück und beobachtete Herrn Müller. Ein anderer grinste ihn frech an, der Dritte grinste mir zu. Spannung lag in der Luft. Herr Müller musste den Schreibtisch umrunden, bevor er endlich die Tür öffnen konnte.

Ist ja wie im Zoo, dachte ich. Peinlich. Ich strich mein Kostüm glatt. Das dauert eine Ewigkeit.

Das wäre jetzt eine klassische Situation gewesen, in der ich und meine ehemalige beste Freundin uns angeschaut hätten, in der sie angefangen hätte zu singen, während ich einen wilden Tanz vor der Glasscheibe hingelegt hätte. Anschließend hätten wir einen hysterischen Lachanfall bekommen – und die Lehrerin hätte uns geschimpft …

Ein Lächeln huschte über meine Lippen. Das Grinsen des einen Herrn hinter der Glasscheibe wurde breiter. Halt, falsches Signal, ganz falsch! Du bist nicht in der Schule, sagte ich mir, sondern in der Bank. Konzentriere dich! Umgehend zauberte ich mir einen ernsten Ausdruck ins Gesicht und sah vermutlich wie ein Schulkind aus, das beim Abschreiben erwischt wird.

»Entschuldigen Sie die Verspätung, Herr Müller, ich wurde erst noch ausgefragt, wieso ich zu Ihnen gehe.«

Herr Müller: »Schön, dass Sie hier sind. Kommen Sie, wir gehen in den Konferenzraum. Hier können wir ganz ungestört reden. Was kann ich für Sie tun?«

Mir die Sekretärin vom Leib halten, hätte ich gerne gesagt, verkniff mir aber den Satz und lächelte.

»Vorher müssen Sie mir aber noch sagen, was so eine schöne Frau wie Sie in einer so grässlichen Gesellschaft zu suchen hat?«

Ich lachte und dachte, also wenn Männer den ganzen Tag vor dem Computer hängen, ist für sie einfach jede Frau schön.

Diese Bankmenschen arbeiten den ganzen Tag vor ihren Computern und freuen sich, sich auch mal mit einem noch lebendigen Lebewesen unterhalten zu dürfen. Da wäre es doch ganz fahrlässig, dies nicht zu nutzen: »Ich bin gekommen, um sie aufzumuntern.« Ich grinste.

Das war wohl zu viel für Herrn Müller. Er lockerte seine Krawatte. »Sie wollen also keine Kinder, von einem Mann beschützt werden und seine Kreditkarte zur Verfügung gestellt bekommen?«

Innerlich dachte ich, das geht dich ja wohl gar nichts an. Aber ich merkte, dass er es ernst meinte und mich erwartungsvoll ansah. Ich sagte ihm, dass ich dieses Programm schon getestet hätte und es erst mal nichts für mich sei. Jetzt wollte ich sehen, wie weit ich selbst kommen würde.

Herr Müller: »Welches Programm?«

Ich: »Die Ehe!«

Herr Müller: »Und jetzt wollen Sie als Nächstes einen Bonireichenbänker ausnehmen?«

Ich: »Keine schlechte Idee, aber davor würde ich gerne nach China.«

Herr Müller: »Wieso nach China?«

Ich: »Weil ich auf Ihrem Plakat über Ihrem Schreibtisch sehe, dass Sie mit PWM China zusammenarbeiten.«

Herr Müller: »Ist das jetzt Ihr Ernst?«

Ich: »Sie können mir Ihren Bonus auch vor China überweisen.«

Wir prusteten los und unterhielten uns hinterher anständig. Plötzlich aber sah ich, wie Frau Tulpe, die Sekretärin, an unserem Konferenzraum vorbeiging. Sie tat so, als würde sie sich in der Küche etwas zu trinken holen.

Ich wusste es. Sie hielt es nicht aus. Sie musste schauen, was wir da so lange zu reden hatten. Ich tat so, als sei ich ganz ins Gespräch vertieft und machte mir eifrig Notizen – Herr Müller beschrieb mir gerade die Produkte, die er verkaufte. Ich hätte wetten können, dass Frau Tulpe rasend gern stehen geblieben wäre, um genau zu sehen, welche Notizen ich mir da machte.

Als sie mit ihrer Teetasse an unserem Raum vorbei zu ihrem Arbeitsplatz ging, nickte ich ihr freundlich zu. Daraufhin nickte auch Herr Müller ihr zu. So läuft das, ja. Sie verharrte noch einen Moment vor der Glasscheibe. Ich stierte zurück und dachte: Zigarettchen, Liebes, oder eher Valium? Ich triumphierte.

Herr Müller betonte, er würde sich bemühen können, für mich ein Praktikum in China zu organisieren. Leider war dies aber wegen des Stellenabbaus durch die Krise wohl kaum realisierbar. Er bot mir etwas in Genf an. Ich war zu Tode betrübt, dass meine Glückssträhne hier erst einmal enden sollte. In Gedanken war ich schon in China gewesen.

Es tut mir leid, dass ich die meisten Männer nur beschränkt rational wahrnehme. Es gibt wirklich wunderbare Männer. Aber viele, die ich in der Berufswelt erlebt habe, würden für ein paar schöne Stunden mit einer attraktiven Frau einfach alles tun. Diese Erkenntnis macht mich oft traurig, da ich denke, dass, wenn alle so sind, mein eigener Freund natürlich auch so ist. Obwohl er treu und loyal ist, denke ich, dass eine schöne Frau jeden Mann jederzeit um den Verstand bringen kann. Einem Mann zu vertrauen, fällt mir ganz einfach schwer.

Als junge Frau hat man es in einer männerdominierten Welt sehr leicht. Vor allem, wenn sich rumspricht, dass man frisch geschieden ist. Dann bilden sich fünfzigjährige Männer ein, sie könnten Ersatzvater oder, noch schlimmer, sexueller Trost sein.

Ein charmantes Lächeln hier, ein aufmunterndes Wort dort können bei einsamen Männern, die zu viel arbeiten, Wunder bewirken.

Ich muss dazu sagen, dass ich das Glück hatte, dass mich drei herzensgute, intelligente und zum Schreien witzige Damen unter ihre Fittiche nahmen. Ich lernte, Fremden zu vertrauen. Ich erlebte Gutmütigkeit von Deutschen. So schrecklich es klingt, es war sehr heilsam.

Nach dem ersten halben Jahr halfen mir meine neuen Freundinnen, in eine neue Abteilung zu wechseln. Die Menschen dort sind mir aufgrund ihrer Loyalität und Fairness unglaublich ans Herz gewachsen. Ich konnte bei ihnen authentisch sein. Mit allen Stärken und Schwächen akzeptiert zu werden, war eine wunderbare Erfahrung.

Der Lehrstuhl

Als ich zu promovieren anfing, arbeitete ich zunächst ein Jahr am Lehrstuhl meines Doktorvaters. Das ganze Lehrstuhl-Team forderte mich wahnsinnig heraus. Irgendwie dachte ich, dass nach dem Tod meines Vaters auch mein intellektuelles Können gestorben sei.

Ich lernte am Lehrstuhl eine wundervolle Person namens Charlotte kennen. Charlotte spürte meine Ängste und sprach zunächst nur mit den Augen zu mir. Sie hatte – und hat – ein unglaubliches Gespür für den jüdischen Part meiner Gefühle. Sie schaffte es, mich in der neuen fremden Welt zu beruhigen. Oft meinte ich, hier nur angefangen zu haben, weil ein Mensch wie Charlotte am Lehrstuhl arbeitete – und das müsse gut sein. Jedenfalls wollte ich unbedingt auch so mühelos wie sie Fremdwörter benutzen können.

Als Professor Albrecht mich nach meiner mündlichen Prüfung fragte, ob ich bei ihm promovieren wolle, dachte ich, der König der Intellektuellenelite habe mich auserwählt, um wissenschaftlich arbeiten zu dürfen. Statt seine Frage einfach als Kompliment und Ansporn aufzufassen, traten bei mir nicht für möglich gehaltene Minderwertigkeitskomplexe auf. Wie sollte ich das bewältigen?

Professor Albrecht stellte mich dem Team vor. Ich dachte, Oh G tt, wie soll ich hier nur je mithalten können. Dieser geordneten, formalen juristischen Welt würde ich nicht gerecht werden können. Ich hatte nie konsequent eine Vorlesung besucht und mir nie zugetraut zu promovieren. Ich hatte nicht mal darüber nachgedacht. Jetzt sah ich mich Menschen gegenüber, die in dieser Welt zu Hause waren, und ich wusste nicht recht, wohin mit mir.

Da Professor Albrecht die halbe Woche in Berlin war und es keinen anderen freien Arbeitsplatz im Institut gab, bekam ich seinen Platz für die Hälfte der Woche. Um mich im Chefsessel zu beruhigen, lackierte ich mir erst mal dort die Fingernägel.

Ich musste mir selbst eingestehen, dass ich Angst hatte, als chaotische Jüdin wahrgenommen zu werden, die immer aus der Reihe tanzen will.

Irgendwann ordnete Professor Albrecht an, dass ich Tutorien halten sollte. Ich glaube, in diesem Moment war ich in Deutschland richtig angekommen – obwohl ich niemals woanders zu Hause war. Ich empfand es als große Ehre, lehren zu dürfen, und ich habe das mit unglaublicher Freude gemacht.

Ich hatte das Gefühl, dort vor den Studenten meine Stimme und meinen Selbstwert wiederzufinden. Ich weiß noch genau, wie die ersten Stunden liefen. Ich hatte mir überlegt, eine kleine Vorstellungsrunde zu machen. Ich wollte in die Strafzwecktheorien einführen, indem ich von jedem wissen wollte, ob er oder sie die Strafen in Deutschland als gerecht beurteilen würde. Ich hatte eine große Packung Party Mix gekauft, um die Freiwilligen, wenn sie antworteten, mit Schokolade zu belohnen.

Als ich die neunmalklugen Gesichter sah und die Erwartungshaltung der Studenten spürte, ließ ich die Schokolade in meiner Tasche und machte erst mal etwas Panik vor dem Jurastudium, um ihre Aufmerksamkeit zu bekommen und sie dann bei aufgebrachten Fragen wieder zu beruhigen.

Irgendwie gelang es mir an diesem ersten Tag, breitbeinig mit beiden Beinen auf dem Boden und mit lauter klarer Stimme, Aufmerksamkeit und Vertrauen zu erlangen.

Ein anderer Tutor bat mich einmal, ihn zu vertreten, und ich sagte zu. Ich hatte fürchterliche Angst, dass der andere Kurs den Qualitätsunterschied bemerkte, denn ihr Tutor war viel erfahrener als ich. Ich bereitete mich, so gut es ging, vor und dachte: nach mir die Sintflut. Ich hatte den Kursinhalt auswendig gelernt. Es war wirklich still in diesem Kurs. Zwei interessierte Studenten aber fragten mich nonstop verschiedene Dinge.

Ich konnte antworten, ich konnte die Fragen sogar humorvoll und zufriedenstellend beantworten. Eine der beiden sah aus wie die nächste UNO-Generalsekretärin, vielleicht auch, weil sie so unglaublich klug und reif sprach. Der andere sah aus wie Brad Pitt in groß und forderte mich ständig heraus. Es gefiel mir, den Fragen standhalten zu können.

Ich fragte mich, ob Marco, mein Freund, und seine Freunde Tutorien hielten, weil man dadurch eine gewisse Sonderstellung bekommt? Insbesondere die jüngeren Mädchen himmeln die Tutoren an. Ich fragte mich, ob Lehrer vielleicht nur aus dem Grund Lehrer werden, weil es besonders erotisch ist, dem anderen Geschlecht etwas beizubringen.

Nach der Stunde klopften die Studenten auf die Tische, und einige sagten: »Hat richtig Spaß gemacht.« Ich musste mich beherrschen, vor Freude nicht zu weinen. Da es am Lehrstuhl nicht so rund lief und ich Probleme hatte, einige Aufgaben zu bewältigen, war ich furchtbar ausgehungert nach einem Erfolgserlebnis.

Da kam Brad Pitt auf mich zu, und ich dachte: Wieso ist Schönheit so verunsichernd? Ich schaute auf meinen Bauch, der mir jetzt noch dicker als sonst erschien. Mir kam ein Abend in den Sinn, an dem Marco und ich bei Freunden waren und eine so schöne Frau den Raum betrat, dass ich das Gefühl hatte, Marcos Puls steigen zu hören. Er zappelte sogar mit seinem Bein. Ich war sehr verletzt. Schönheit setzt schachmatt.

Dann dachte ich: Bitte, bitte, keine neue Frage. Vielleicht kann ich die nicht beantworten, und ich möchte den Tag so schön abschließen, wie er bisher war.

Pitt: »Ich wollte dich fragen, ob du sonst noch mal einen Kurs hältst.«

Ich muss ihn etwas irritiert angestarrt haben.

Dann sagte Pitt: »Ich wollte dich fragen, ob ich zu dir wechseln kann?«

Ich wäre ihm am liebsten um den Hals gefallen und hätte Danke gerufen. Ich konnte es nicht glauben. Ich musste mich beherrschen, nicht zu fragen, ob das sein Ernst sei. Stattdessen sagte ich: »Klar, Dienstag um acht Uhr kannst du auch kommen.«

Pitt: »Gut, vielen Dank und bis dann.«

Als er die Tür zumachte, fing ich an zu tanzen und zu singen, bis die Putzfrau reinkam und ich mich fragte: »Oje, wo ist das Loch zum Versinken.« In Deutschland überhaupt eine Stimme zu haben, war wie eine Neugeburt.

Die andere Seite

Mit Marco besuchte ich eine Freundin, deren Familie in einem kleinen Dorf wohnt. Zufällig hatte ihr Onkel an dem Tag Geburtstag. Und so waren viele Bekannte und Verwandte eingeladen.

Eine Bekannte der Familie schien sich besonders intensiv mit dem Thema Holocaust befasst zu haben. Sie ist nach dem Krieg geboren. Sie sah mich mit wachen und klugen Augen an. Sie wusste, dass ich jüdisch bin. So wie ich mich Deutschen gegenüber oft bewusst »verhalte« und mein Verhalten nicht ganz so natürlich ist wie das gegenüber jüdischen Menschen, hatte ich das Gefühl, dass sie sich mir gegenüber auch bewusst »verhielt«.

Sie kam auf mich zu und sagte, dass das Dorf, in dem wir gerade waren, aufgrund einer Initiative seiner Bürger ein Denkmal für die aus diesem Dorf deportierten Juden hatte errichten lassen. Mazel tov!, dachte ich.

Sie erzählte mir das aus echtem Mitgefühl, aber dann auch mit ein wenig Stolz auf die Bürger ihres Dorfes. Ich hätte schreien können. Sollte ich jetzt Danke sagen, weil da Steine mit eingravierten Namen von Toten in der Erde lagen? Sollte ich Beifall zu dieser therapeutischen Wiedergutmachungstat spenden? Ich glaube nicht, dass ich mich an ihrer Stelle auf so etwas aufmerksam gemacht hätte. Was war denn ihre Aussage? Schau, wir sind doch nicht so schlimm! Wir gedenken, wir bereuen – und sind so Teil einer menschlicheren Weltgemeinschaft. Oder?

Das sind meine wahren, unverstellten Emotionen. Aber was würde es bringen, so zu reagieren? Ich bin für Harmonie, für Verständnis, für Anerkennung. Aber zeigt man stolz auf Steine als Andenken, wenn Millionen ermordet worden sind? Ist das nicht krass unverhältnismäßig?

Wenn ich so reagieren würde, stünden wir uns wieder als Fremde gegenüber, wo sie doch versucht hat, sich versöhnlich und verständig zu zeigen. Ich habe gefühlt, dass sie es ehrlich meint. Dass sie einen Teil, ihren Teil, zur Versöhnung beitragen möchte. Es ist schön, dass ihr überhaupt etwas an diesem Thema liegt. Schließlich hatte sie wirklich gar nichts mit dem Krieg zu tun.

Wenn ich nicht Frieden schließen kann, schade ich doch nur mir selbst. Natürlich kann ich es schätzen, wenn die Bürger einer Stadt ein Denkmal für ermordete Juden errichten. Natürlich ist das richtig und gut. Aber tief in mir sagt eine Stimme, ich werde nicht verzeihen. In solchen Situationen denke ich immer an einen geprügelten Hund, der sich nach seinem Aufenthalt im Tierheim in seinem neuen schönen Zuhause immer noch bissig und eigensinnig zeigt. Er reagiert auch auf nette Gesten mit einem Knurren. Es sind halt die alten Wunden, die schmerzen.

Die Freundin, die ich eben erwähnt habe, bot Marco und mir an, uns zum Bahnhof zu fahren.

Ich fühlte, dass sie weiter Gesprächsbedarf hatte. Schon als wir losfuhren, kam das Thema Holocaust wieder zur Sprache. Ich spürte, dass es nicht nur in mir, sondern auch »auf der anderen Seite« brodelte. Die Freundin bemerkte, es sei ein sehr heikles Thema.

Das Gespräch plätscherte so dahin. Sie sagte, dass für viele ältere Menschen auch die Wiedergutmachungsrenten problematisch seien, da diese meinten, es sei genug Geld geflossen. Ich musste mich zusammennehmen. Ich finde, eigentlich gibt es hierzu nicht viel zu sagen. Wie oft hatte ich schon gehört, dass ja so viel gezahlt worden sei.

Ich gebe zu, dass ich bei solchen Aussagen nicht differenzieren kann, wer genau was gesagt hat, ich gebe zu, dass ich dann pauschalisiere. Ich höre dann nur eine Message. Es ist mir auch ziemlich egal, wer was behauptet, es reicht mir, wenn es einen Einzigen gibt, der sagt, es wurde doch viel bezahlt.

Seit wann kann man sich bei Mord freikaufen? Meine wahre Antwort hätte so ausgesehen: Sagt mal, Leute, wollt ihr mich verarschen? Es wurde nach Lust und Laune gemordet, sich bereichert – und ihr rechnet immer noch auf. Könnt ihr noch in den Spiegel schauen? Könnt ihr wirklich vertreten, dass zu viel gezahlt wurde? Schämt ihr euch nicht? Ach ja, stimmt, ihr sagt einfach dreißigmal das Vaterunser, zündet eine Kerze an, legt ein paar Münzen in einen Korb, und dann sind eure Schulden vergeben.

Später sagte ich zu Marco: »Das ist doch alles eine so falsche Sicht der Dinge. Die Deutschen sollten dankbar für jeden Cent sein, den sie abzahlen dürfen. Ich muss gleich mal nachschauen, wie viel Schadensersatz es für eine schwere Körperverletzung am Auge gibt.«

Meiner Oma hat ein SS-Mann mit seinem SS-Stiefel aus

Lust und Laune das Auge zertrümmert. Es hing raus, und der Innenraum ihres Auges war für immer zerstört. Mal ganz abgesehen von den Schmerzen, die sie lebenslang hatte. Ja, in solchen Momenten denke ich, was machst du da, Channah? Wo bist du nur gelandet? Wieso hast du kein Problem damit, dass deine Großeltern unter den Toten hervorgekrochen sind und es geschafft haben, zu leben und ihre gepeinigten jüdischen Seelen zu schützen, und du sitzt hier so vertraut mit Deutschen, die Sprüche äußern, die immer noch wehtun, die sie nicht so meinen, die nur erklären sollen … Ich bin davon überzeugt, dass nur ein Mensch, der viel gelitten hat, verstehen kann, warum wir immer auf alles so hysterisch reagieren.

Ich schaute Marco an, ich schaute in seine Augen und verlor mich. Er gab mir die Hand, er war da, er verstand, langsam, zögerlich. Er war bei mir. Bleib einfach ruhig, sagte ich zu mir, sie sind halt anders, sie können es nicht verstehen, es bringt dir jetzt gar nichts auszuticken. Bald bist du wieder mit Menschen, die so fühlen wie du.

»Na ja«, sagte ich, »das verstehe ich nicht mit den Wiedergutmachungszahlungen. Es wurden keine Unmengen gezahlt. An meiner Oma wurden Versuche gemacht, ihr wurden Spritzen verabreicht, damit sie unfruchtbar wird, damit sie keine jüdischen Kinder mehr ins Leben setzen kann. Wie hoch soll man da zahlen? Meine Oma war schon gestorben, als man endlich für medizinische Versuche Schadensersatz verlangen konnte. Ich habe einfach die Versuche an Omas Körper auf Opas Körper umgemünzt und Schadensersatz beantragt. Ich finde nicht, dass ich dabei ein schlechtes Gewissen haben muss«, sagte ich in die Stille des Autos hinein. Die Freundin schluckte.

Innerlich machte ich eine Liste für den Schadensersatz und die Verbrechen:

- Beschlagnahmung von Häusern von Oma und Opa
- Mord am ersten Mann von Oma
- Mord an Omas Baby
- Mord an Opas schwangerer Ehefrau durch Vergasung
- Mord an Opas Sohn durch Vergasung
- Unmenschlicher Arbeitseinsatz von Oma
- Experimente mit giftigen Essenzen an Oma
- Schwere Körperverletzung von Oma durch Herausschlagen ihres linken Auges
- Körperverletzung durch Eintätowierung der KZ-Nummer an Opas Arm

Bei ihrer Freilassung wog Oma zweiunddreißig Kilo. Wir sind nur eine Familie, sind nur ein Beispiel. Ich lasse die Geschichten der Geschwister und der Eltern von Oma und Opa außen vor. Meine Großeltern erhielten jeweils fünftausend D-Mark! Ist das zu viel oder zu wenig? Ich frage das jeden von euch. Vielleicht ist die einzig gerechte Strafe auf Erden doch ganz einfach Auge um Auge, Zahn um Zahn. Vielleicht hätte es dann keine Wiedergutmachungsdebatte gegeben!

Ach so, ich muss hier auch noch mal loswerden, dass Juden Steuern zahlen. Sogar Anwälte fragen mich ernsthaft, ob es stimmte, dass wir in Deutschland steuerfrei leben. Wer hat denn so was in die Welt gesetzt? Und wer glaubt so was?

Das ist wirklich das allergemeinste Gerücht überhaupt. Kann mal bitte ein Historiker ausrechnen, wie viele Jahrhunderte die katholische Kirche Steuergelder von jüdischen

Bürgern erpresst hat? Wie viele Pogrome es gegeben hat, mit denen sich Gutsherren und Adelige bereichert haben?

Wenn es in vielen Städten mit bombastischen Kirchen wie in Venedig oder Barcelona Hinweise auf ehemalige Gettos gibt (ich meine jetzt nicht die des Dritten Reichs), dann verzeiht mir, dass ich für die Kirche nicht viel übrig habe.

Zwischen Weihnachten und Auschwitz

Mit Marco fahre ich über Weihnachten fünf Tage zu seinen Verwandten. Ich will und ich will nicht. Ich möchte bei ihm sein an Weihnachten, und gleichzeitig möchte ich nicht bei ihm sein. Bei einem unserer Spaziergänge am Sonntag sage ich ihm, dass ich vielleicht nur am 23.12. und 24.12. dabei bin und dann früher fahre. »Wieso?«, fragt er.

Schüchtern sage ich: »Ist bisschen lang, fünf Tage Familie nonstop, nein?«

Marco: »Also dafür, dass wir das ganze Jahr mit deiner Familie on tour sind und ein einziges Mal im Jahr mit meiner, ist das ein fairer Deal, oder?«

Ich freue mich, dass er mich nicht missen will. Ich mag seine Eltern sehr. Aber fünf Tage an Weihnachten, ich kann es nicht verbergen, mich begeistert das nicht. Was sage ich, wenn seine Mutter wieder fragt, ob ich mit in die Kirche will? Was sage ich irgendwann, wenn mein Kind mit in die Kirche gehen wird, weil Oma mit ihr oder ihm zur Messe geht? Mir wird leicht übel. Ich schaue Marco an. Ich fühle mich gut neben ihm, ich gehöre zu ihm, ich habe noch kein Kind, und fünf Tage Weihnachten für jemanden, den man liebt, ist nicht die Welt.

Eigentlich wollte ich das auch immer vermeiden, dass ich jemandem das Gefühl gebe, seine Religion, seine Werte, seine Familie seien weniger wert als meine. Das haben sie ja immer mit uns gemacht. Ich will nicht die Religion über alles stellen. Das tue ich ja sonst auch nicht. Wenn ich Marco liebe, sollte ich mitfahren, finde ich.

Andererseits habe ich mich erst vor Kurzem dazu entschlossen, eine Art inneren Monolog zu schreiben, um der Welt meine Welt – die meiner Gefühle – zu offenbaren. Vielleicht will ich es auch deswegen tun, weil es mich überanstrengt, nach außen hin zu tun, als spiele die Vergangenheit keine Rolle, obwohl sie mich bis in die kleinste Entscheidung beeinflusst. Ich habe mich lange genug verbogen und verstellt, um in einen übergeordneten Gesamtzusammenhang zu passen. In Zukunft möchte ich das nicht mehr. Ich möchte die sein dürfen, die ich bin. Da ich den Leidensweg meiner Großeltern rekonstruieren will, bin ich überzeugt, in das Konzentrationslager Auschwitz fahren zu müssen, um eine Vorstellung von Opas Leidensweg zu bekommen. Ich überlege fieberhaft, wie ich das schnellstmöglich tun kann. Das ist bei mir so. Wenn ich eine Idee habe und von ihr total infiziert bin, muss ich sie direkt umsetzen.

Ich wollte eigentlich nie nach Auschwitz fahren. Ich dachte, für was? Ich hatte doch die Folgen leibhaftig zu Hause. Die Dimension der Vernichtung, fürchtete ich, würde mich überwältigen, und ich könnte ihr nicht standhalten. Jetzt will ich hin, will sehen, will fühlen, was Opa und Tausende andere erlebt haben. Ich überlege fieberhaft, mit wem ich diese schwere Reise nach Polen antreten kann.

Mama kommt nicht infrage, ich glaube nicht, dass eine

solche Reise gesund für sie wäre. Dafür ist mir die Verantwortung zu groß. Mit Mama an meiner Seite würde mir kein Moment der emotionalen Distanziertheit gelingen. Wir würden Hand in Hand durch die Baracken, die Gaskammern, die Duschen gehen, und ich würde jeden Moment denken, dass wir genau hier geendet hätten. Opa sagte manchmal: »*Ois der dusche is waser herois gekimen, un ich hob gewist, ich werd koidem, wer ich arbeitn un nischt aweg sterbn.*«

Nein, Mama und ich können nicht gemeinsam nach Auschwitz fahren. Mit Marco kann ich das auch nicht, ich bin noch nicht bereit, ihm das schwarze Loch zu zeigen, das in mir existiert und von Zeit zu Zeit seine Aufmerksamkeit fordert und mich zu verschlingen droht. Zu hart war der Weg, eine Blumenwiese und eine Zone der Freude und des Lebenswillens zu pflanzen – um ihm dann das Loch zu zeigen. Ich kann mit niemandem, den ich liebe, nach Auschwitz fahren, denke ich. Die Liebe ist immer mit der Gefahr von Verlust verbunden. Man ist nur dann richtig verwundbar, wenn man liebt.

Wenn man liebt, kann einem etwas weggenommen werden. Ich habe oft das Gefühl, alleine sehr viel stärker zu sein als in Gesellschaft derer, die ich liebe. Ich muss sie ständig beschützen und auf sie aufpassen. Ich muss jede Gefahr von ihnen abwenden und sie verteidigen.

Ich dachte weiter über einen geeigneten Reisebegleiter nach Polen nach – fragte Lynn und Danny, zwei meiner ältesten und engsten Freunde, deren Opa auch in Auschwitz war. Ohne Wenn und Aber sagten sie sofort zu, was mich tief berührte. Danny gab mir zwei mögliche Termine, die sich mit seiner Arbeit vereinbaren ließen, wobei der eine in die Zeit meines New-York-Aufenthalts fiel und der andere auf den 25.12., also kurz nach Weihnachten, wo Marco und ich bei seiner Familie eingeplant waren. Ich überlegte, wie makaber es für mich wäre, vom Weihnachtstisch direkt nach Auschwitz zu fahren. Wie unangenehm für Marcos Familie, wenn ich sagen würde: Ich fahre jetzt nach Auschwitz. Ich wollte »die andere Seite« nicht mit so unangenehmen Dingen konfrontieren.

Ja, das wäre ziemlich unangemessen und frech gewesen. Ein Teil in mir wollte unbedingt fahren und kämpfte dafür, dass ich Weihnachten auf keinen Fall über die Shoa stellen dürfte. Es gab ja auch die Möglichkeit, zu einem anderen Termin zu fahren. Aber Marco gab mir sein Einverständnis, über die Weihnachtsfeiertage nach Auschwitz fahren zu können. Allein das war für mich sehr viel wert. Marco gibt mir immer das Gefühl, dass ich alles, was für mich wichtig ist, leben kann – das bewundere und schätze ich sehr an ihm.

Auf der Fahrt zu Marcos Familie war ich nervös – ob mich seine Eltern auf meinen New-York-Aufenthalt ansprechen würden? Ich wusste nicht, ob sie nicht vielleicht doch etwas gegen eine so intensive Auseinandersetzung mit der Vergangenheit hatten. Marcos Mutter fragte mich ausführlich, was ich in New York vorhätte, und ich war glücklich, offen darüber sprechen zu dürfen.

Ich hatte kurz vor Weihnachten angefangen, einige Freunde von mir (die dritte Generation nach dem Holocaust) zu interviewen, und wollte dies künftig in Amerika tun. Als größte jüdische Gemeinde der Welt war New York dafür einfach naheliegend.

Marco sagte zu mir: »Wenn du möchtest, kannst du ruhig auch mit meinem Opa sprechen.« Ich äußerte Bedenken und sagte ihm, dass ihm dann doch klar sein müsse, dass ich negative Gefühle entwickeln könnte und diese auch aufschreiben würde. Er meinte dagegen, es solle ja gerade authentisch werden, und damit hätte er kein Problem. Ich haderte noch ziemlich lange mit mir, ob ich mit seinem Opa sprechen sollte, weil ich befürchtete, dass dann doch einiges zwischen Marco und mir stehen könnte.

Marco aber meinte, wir seien stark genug für solche Gespräche, und diese Offenheit imponierte mir. Es ist mir wichtig, dass es zwischen uns keine Tabus gibt.

Wir vereinbarten also, seinen Opa zu besuchen, um in Ruhe mit ihm zu sprechen. Marcos Vertrauen berührte mich. Er jedenfalls vertraut seinem Großvater. Ich habe dieses Vertrauen nicht. Ich weiß noch nicht einmal, ob ich die Geschichten, die ich hören werde, glauben soll.

Es ist eine Art Tradition, dass Marco und sein Cousin den Opa an Weihnachten besuchen. Ich fahre mit und bestehe darauf, dem Opa und seiner Freundin eine Kleinigkeit mitzubringen. Wir halten bei Rewe und gehen zu den Süßwaren. Marco schaut nach den günstigsten Pralinen. Ich bin etwas enttäuscht. Warum müssen es die günstigsten sein? Muss ich aufpassen, dass auch ich bei ihm nicht zu kurz komme? Ich denke daran, wie ich jedes Mal, wenn ich zur jüdischen Jugendfreizeit geschickt wurde, das ganze Taschengeld für meinen Opa ausgegeben habe, nur um ihn einmal lachen zu sehen.

Meistens war er mürrisch und legte mein Geschenk achtlos in die Ecke, nachdem er mir gesagt hatte, wie unvernünftig ich sei, so viel Geld für so einen Mist auszugeben. Er konnte seine Freude einfach nicht zeigen. Hätte ich ihm nichts mitgebracht, wäre er sicher enttäuscht gewesen. Irgendwie tat mir Marcos Opa leid. Waren seine Enkel denn gar nicht an ihm interessiert? Ich sagte zu beiden: »Wärt ihr meine Enkel und würdet ihr mit so billigen Pralinen ankommen, würde ich euch rauswerfen.«

Endlich kamen wir bei Marcos Opa an. Marco schüttelte seinem Opa ganz förmlich die Hand zur Begrüßung. Mir lief es kalt den Rücken runter. Ich dachte an die Wärme meiner Großeltern, aber auch an italienische, kroatische, spanische Begrüßungsszenen zwischen Familienmitgliedern. Nein, warm sind die Deutschen nicht.

Wohnungen von älteren Deutschen sind nach meiner Erfahrung oft mit viel Holz ausgestattet. Sie haben einen ganz eigenen Geruch.

Kürzlich hat mich eine Freundin besucht. Sie sagte: »Channah, deine Eingangstür ist so, so …«

»Was?«, fragte ich. »Hat sie dir zu viel Holz?«

»Ja. Genau. Sie sieht so deutsch aus.« Wir mussten lachen. Holz ist deutsch, Holz ist Wald, Holz ist Verstecken, Holz verrät einen im Versteck, weil es knackt. Wir mögen Sandstein – so wie in Jeruschalaim.

In Wohnungen von älteren Deutschen gibt es kleine Holztafeln mit klugen Sprüchen, wie zum Beispiel »Der Herr achtet auf die Bescheidenen«. Mir sind diese Sprüche immer unheimlich. Es ist einfach nicht die Sprache für kluge Anweisungen.

Ich entdecke ein kleines Foto von Marcos Opa, als er jung war. Ich bin schockiert. Die Stirn, die Augenpartie. Er sieht genauso aus wie Marco, dessen Hand auf meinem Knie ruht. Irgendwie spürt er, dass ich seine Nähe heute noch mehr brauche als sonst. Da während der Weihnachtszeit jeder Familienbesuche macht, haben wir nicht viel Zeit für ein Gespräch gehabt.

Ich glaube, dass die Deutschen an Weihnachten ihre jährliche Familienbesuchszeit auf vier bis fünf Tage pressen. Marco sieht seinen Opa vielleicht ein- bis zweimal im Jahr. Der Kontakt fehlt ihm auch nicht.

Er weiß nicht, ob sein Opa gerade Wasser in den Beinen hat, wie hoch sein Blutdruck ist, ob sein Stuhlgang intakt ist. Nein, er kämpft nicht für die Verbesserung der Lebensumstände seines Opas. Er ist ja auch nicht so hilfebedürftig, wie meiner es war.

Ich denke an Opas letzte Tage vor seinem Tod. Ich habe die letzte Woche bei ihm im Bett im Krankenhaus geschlafen. Als ich wusste, dass er sterben würde, bin ich einfach bei ihm geblieben. Er hatte immer panische Angst vor dem Alleinsein. Ich höre ihn heute noch sagen, wenn ich am Ende meines Besuches ging: *»Gaist schoin? Ni, wus wird san?«*

Egal, wie lange ich bei ihm war: Mein Weggehen war immer gleichzusetzen mit einem Verlassen. Die Krankenschwester sagte, ich solle ihn allein lassen. Zum Sterben brauche man Ruhe. Sogar beim Tod sind sie korrekt, professionell und organisiert. Der Spruch der Krankenschwester klingt in meinen Ohren. Gehen Tod und Ruhe denn zusammen? Ich denke an brennende Babys und an Menschen, die nach Luft schnappen.

Wir sind anders, wir brauchen unsere Liebsten um uns herum. Wir haben Angst, wir müssen begleitet werden. Bei uns ist es Pflicht, bei dem Toten zu bleiben, bis die Chevre Kadischa, die Totenwache, die Leiche des Verstorbenen in ihre Obhut nimmt. Von allen schrecklichen Dingen, die Opa erlebt hat, beklagte er immer wieder besonders, dass er seinen Zwillingsbruder nach dem Todesmarsch zwar beerdigen, aber nicht in Ruhe um ihn trauern konnte.

Trauerrituale sind uns heilig, sie ehren die Verstorbenen. Woher nahm Opa die Kraft, in seinem schlechten Zustand seinen Bruder zu beerdigen? Auschwitz lag hinter ihm. Die SS trieb die letzten Juden vor sich her, ohne zu wissen, wohin mit ihnen. Für mich hatte mein Opa die Kraft der Liebe, die Kraft aus dem Herzen. Mit bloßen Händen begrub er seinen Bruder, der um ein Haar auch hätte befreit werden können.

Als Opa im Sterben lag, versagten nacheinander seine Organe. Er war an so viele Geräte und Schläuche angeschlossen, doch sein Herz gab nicht auf. Lange kämpfte es gegen den altersschwachen Körper. Die gelbe Flüssigkeit, die aus den Lungen in Opas Mund kam, musste abgesaugt werden. Ich versuchte es alle paar Stunden selber, so gut es ging, doch die Abstände wurden immer kürzer. Immer wieder piepste ich die ganze Nacht über die Nachtschwester an, damit sie ihn absaugte und ihm das Atmen erleichterte. Ich denke, sie war müde und ein bisschen wütend, weil ich sie von ihrer anderen Arbeit und ihrem nächtlichen Kaffeeklatsch mit den anderen Krankenschwestern abhielt. »Sie müssen ihn in Ruhe lassen«, sagte sie. »Zum Sterben braucht man Ruhe.«

Ich sagte: »Ich kenne ihn mein ganzes Leben, ich weiß, was er braucht.« Ich steckte ihr alles Geld zu, was ich hatte, und brachte ihr regelmäßig Pralinen und Zeitungen. Ich hatte auf einem Einzelzimmer bestanden. Dieser Mann hatte zu viel durchgemacht, um vor den Augen anderer, die ihm fremd waren, zu sterben. Ja, er brauchte Ruhe. Ruhe und seine Familie. Ich nahm seine Hand, er hatte wunderbare starke Hände. Er schrie den Namen seines Bruders: »Meir! Meir, wo bist du?«

»Ich bin da«, sagte ich, »wir sind alle bei dir.« Opa schrie schon seit Nächten den Namen seines Zwillingsbruders. Mir kam der unpassende Gedanke, ob ich als Ehefrau nicht tief betrübt wäre, wenn ich wüsste, dass mein Mann auf dem Sterbebett ausschließlich den Namen seines Bruders rufen würde. Ich verwarf den Gedanken und beobachtete Opas Herzschläge auf dem Monitor. Was für eine Kraft.

Ich ging kurz auf dem Gang auf und ab und holte mir frisches Wasser für die Nacht. Ich kam am Krankenschwesternzimmer vorbei. »Welches Baujahr ist denn der Alte, der im Sterben liegt?«, fragte ein Pfleger.

Eine Krankenschwester antwortete: »Das wusste die Familie nicht. Habt ihr die Nummer auf seinem Arm gesehen?«

»Ja, total krass, der muss wirklich Auschwitz überlebt haben.«

Ja, dachte ich, er hat überlebt – und wie. Es tat weh, die beiden sprechen zu hören. Ich drehte mich um und ging wieder zu Opa.

Wir schliefen zusammen ein, und Opa wachte nicht mehr auf. Ich war allein, dachte ich. Mit Opa stirbt der Grund, warum ich bin, wie ich bin. Ein Teil meiner Identität hatte sich einfach aufgelöst. Ich fühlte mich leer. Ist er jetzt zu Oma gegangen – oder zu seiner ersten Frau? Er ist zu seiner ersten Frau gegangen und zu seinem Zwillingsbruder. Oma ist ja bei ihrem ersten Mann. Meine Kinder werden ihn nicht kennen, sie werden nicht wissen, was war, sie werden es nicht spüren, nicht verstehen, sie werden mir fremd sein.

Hamburg

Um 5.40 Uhr fliege ich mit meinem Freund über Silvester ein paar Tage nach Hamburg. Unser Flug wird annulliert. Wahrscheinlich wegen des Schnees. Wir sind um 3.50 Uhr aufgestanden, und ich habe gelächelt und mich auf die Zeit mit ihm gefreut. Ich liebe es, mit ihm zu reisen. Er stresst mich nicht. Er kontrolliert nicht zehnmal, ob ich meinen Pass und mein Ticket dabeihabe. Er trägt die Koffer, alle auf einmal, und er lächelt dabei.

Ich genieße diese entspannte »Reiseatmosphäre« so sehr. Ich bin jahrelang mit Menschen gereist, deren Reiseverhalten mich an eine Flucht oder an kriegsähnliche Zustände erinnert hat. Ich freue mich, am Lufthansa-Gate zu sitzen, die Zeitung und den Tee zu genießen, obwohl unser Flug Verspätung hat. Keiner, der mich hetzt oder der in mir Gefühle wachruft, die mich daran erinnern, dass ich fünfundsechzig Jahre früher in diesem Land höchstwahrscheinlich in einem überfüllten Zug nach Auschwitz gesessen hätte. Ich bin unendlich dankbar, die Angespanntheit abgelegt zu haben und mich auf die Welt freuen zu können.

Wenn ich mit jüdischen Leuten reise, sehe ich in ihren Augen oft eine Melancholie über verlorene Welten. Ich fühle mich dann immer, als wäre ich in einem Transporter auf dem Weg ins Konzentrationslager.

Mein Gehirn spielt die Musik von »Schindlers Liste« dazu. Ich habe das selbst lange für übertrieben gehalten. Heute bin ich der Ansicht, dass es vollkommen abnormal wäre, in dem Land, in dem es passiert ist, keine Nähe zu meinem gejagten und gehetzten Volk zu spüren.

Reisen, Züge, Ortswechsel sind nun mal nicht mit einer Bereicherung verbunden, sondern mit dem Tod. In mir toben die Gefühle, weil ich einerseits froh und dankbar bin über die neu entdeckte Lebensfreude an Marcos Seite, andererseits habe ich ein unglaublich schlechtes Gewissen, dass mich bei jüdischen Männern oft eine Befangenheit überkommt, für die sie gar nichts können. Ich fühle mich mies, meine Brüder auch noch für die Shoa zu bestrafen, weil ich mein Leben nicht mit ihnen fortsetzen kann. Wie gerne hätte ich das gekonnt. Ich sehe mich selbst oft als Dr. Mengele an den Bahngleisen stehen und entscheide im übertragenen Sinne über Leben und Tod, indem ich entscheide, dass ich an der Seite eines deutschen Mannes, der unbelastet aufwachsen konnte, gesünder leben kann.

Marco ist kein Spiegel meiner mich ständig begleitenden Gefühle zum Holocaust. Manche mögen an dieser Stelle denken, dass ich übertreibe, aber ich hatte ganz einfach in keiner Phase meines Lebens einen zeitlichen oder räumlichen Abstand zu meinen Großeltern, meiner Tante oder meiner Mutter. Ihre Gefühle und Gedanken haben sich wie eine zweite Haut über mich gelegt.

Ich schreibe meiner Schwester und meiner Mutter eine SMS, dass unser Flug gecancelt wurde und wir auf einen anderen

Flug umgebucht werden. Ich bin mir nicht sicher, ob Marcos Eltern wissen, dass wir heute fliegen.

Marco hatte mich damit überrascht, dass wir über Silvester die Möglichkeit haben, bei einem Freund von ihm in Hamburg zu übernachten. Der Freund war mit seiner Freundin nach Polen gereist. Ich habe mich riesig gefreut. Endlich wieder ein paar Tage zu zweit. Marco widmet mir Silvester ganz allein, ohne Freunde, ohne Familie, nur er und ich und eine neue Stadt. Ich schäume über vor Glück und überlege, was wir alles machen werden. Mit Marco reisen ist für mich ein Abenteuer. Ich kann mit ihm alles tun, was ich immer schon tun wollte. Er ist genauso gern unterwegs wie ich. Er will die Welt entdecken, und das mit mir. Er widmet mir Freizeit.

Meine Mutter war in ihrem Kopf immer bei ihren Eltern und bei ihrer Schwester. Sie war ständig in Sorge, dass es ihnen nicht gut gehen könnte. Ich hatte als Kind nie ungeteilte Aufmerksamkeit. Ich kenne es nicht, im sorgenfreien Mittelpunkt eines anderen zu sein. Bei uns in der Familie unternimmt man viel mit der Familie und mit Freunden. Alle sind immer cliquenmäßig unterwegs. Alle glucken ständig zusammen. Mich hat das immer gestört.

Da Marco ein Sparfuchs ist, wollte er mit der Mitfahrzentrale oder mit einem Bus acht Stunden durch die Nacht fahren. Ich wiederum wollte ihm möglichst schonend beibringen, dass ich nicht mit Fremden im Auto sitzen mag. Ich finde, es hat irgendwie etwas sehr Naives, mit fremden Menschen im Auto unterwegs zu sein. Man setzt sich doch nicht zu wildfremden Menschen ins Auto und lässt sich irgendwohin kutschieren. Ich bekomme Beklemmungen, wenn ich nur daran denke. Auch wenn nichts passiert, möchte ich auf einer Reise möglichst wenig mit fremden Menschen sprechen. Ich bin dann sehr auf das Ziel konzentriert.

»Gut«, sagte er, »dann mit dem Bus.« Ich überlegte, wie ich drum herumkomme, mich nicht gleich als neurotische Jüdin zu outen. »Aber ist es nicht vollkommen unnötig, acht Stunden im Bus zu verbringen, wenn man auch in einer Stunde via Flugzeug in Hamburg sein kann?«

»Ja, Süße, aber wenn wir fliegen, können wir uns das Musical nicht leisten«, wandte er ein.

»Schau doch erst mal nach, wie viel ein Flug kosten würde«, beharrte ich.

Ich bin innerlich stolz, dabei geblieben zu sein, dass wir fliegen sollten. Ich habe mit neunundzwanzig immer noch Spaß daran, meine eigene Meinung durchzusetzen, weil ich sie jahrelang zurückgestellt habe. Ich habe beschlossen, dass an meiner Person nicht mehr gespart wird.

Acht Stunden mit dem Nachtbus zu reisen, hat wirklich etwas von Flucht und Vertreibung. Wenn ich in einen Kurzurlaub fahre, möchte ich doch nicht schon kaputt am Zielort ankommen. Ich bemühe mich, Marco die Vorteile eines Fluges klarzumachen, während ich mir etwas schwach vorkomme. Ich wäre nach acht Stunden Busfahrt groggy. Marco macht so etwas nichts aus, seine Kondition ist einfach besser als meine. Nicht, dass ich dann körperliche Beschwerden hätte, mir ist das psychisch *a schlep.*

Wir finden einen Flug zum vertretbaren Preis, der Urlaub kann beginnen! Ich bin froh, an Silvester nicht hier in Frankfurt zu sein. Papa ist am 3. Januar gestorben, und ich verbinde mit diesen Tagen nichts Gutes. Ich weiß nicht, wo Mama Silvester verbringen wird. Ich scheue mich, sie zu fragen. Ich freue mich so sehr, mit Marco wegzufahren, und fühle das schlechte Gewissen in mir hochsteigen. Ein Teil in mir will zu ihr, um mit ihr Neujahr zu feiern.

In Hamburg angekommen, fahren wir mit der S-Bahn zur Wohnung des Freundes. Mit jedem jüdischen Freund wäre ich mit dem Taxi gefahren. Das hat weniger mit dem Geld als mit der Einstellung zu tun. Reisen an sich ist schon anstrengend, da muss man nicht noch durch die ganze Stadt irren, um die Wohnung zu finden. Es ist kalt, und wir laufen ein ganz schönes Stück bis zur Wohnung. Für mich ist es aufregend, die Karte zu studieren und die Wohnung zu suchen, ich kenne diese Art zu reisen einfach nicht.

Marco trägt die Koffer. Ich schäme mich fast dafür, aber ich finde es unheimlich männlich und sexy, dass er drei Koffer in bitterer Kälte so lange tragen kann. Ich muss nur gehen und komme mir dabei schon sehr tapfer vor. Nein, also ich kenne wirklich niemanden von meinen Leuten, der so etwas könnte, ich komme mir schlecht vor, diesen Vergleich zu ziehen. Wir bringen das Gepäck in die Wohnung und gehen gleich los, die Stadt erkunden. Wir gehen in die Speicherstadt, machen eine Bootsfahrt, steigen vierhundert Stufen zum Michel rauf.

Ich liebe die Aktivität mit Marco. Ich habe das Gefühl, jahrelang mit meinen Großeltern gesessen zu haben. Wir sind beieinandergesessen, und mein Opa hat jeden Tag gefragt: *»Ni, wus wird san?«*

Der Michel ist eine Kirche. Ich gehe nicht gerne in Kirchen. Natürlich würde ich in eine Kirche gehen, wenn eine Freundin dort heiratet oder ihr Kind taufen lässt. Manchmal, wenn wir auf unseren Reisen an einer sehr schönen Kirche vorbeikommen, erklärt Marco mir etwas Historisches dazu, und dann geht das beklemmende Gefühl weg. Ich möchte Marcos Eltern gegenüber nicht ablehnend auftreten, aber als mich Marcos Mutter letztes Jahr sehr höflich fragte, ob ich nicht mit zur Messe gehen wolle, um den Aachener Dom anzuschauen, beantwortete Marco zum Glück die Frage sehr schnell mit »Nein«. Ich war dankbar für sein Verständnis und dafür, dass nicht ich die Grenze markieren musste. Nein, ich möchte nicht in die Kirche gehen. Es verletzt in irgendeiner Weise mein innerstes Ich.

Kreuze haben auf mich schon immer eine unheimliche Wirkung gehabt. Wenn ich eine Kirche betrete, höre ich die Schreie derer, die nach dem Todesmarsch in Kirchen verbrannt wurden. Ich höre immer wieder den Satz, den ich das erste Mal in einer Kirche bei einer Kommunionsfeier gehört habe: Wer ist schuld an Christus' Tod? Die Jungs antworteten: die Juden. Meine Mutter stürmte mit mir und meiner Schwester aus der Kirche und hat seitdem nie wieder eine betreten.

Ja, ich denke, dieser Satz hat mein Verhältnis zu Kirchen nachhaltig gestört. Aber auch ohne ihn wären sie für mich keine freundlichen G tteshäuser. Die Erfahrungen meiner Großeltern sind meine eigenen geworden. Ich finde, ich habe in einer Kirche außer zu einem speziellen Anlass ganz einfach nichts verloren. Marco bekreuzigt sich, wenn er eine Kirche betritt. Es ist für mich ein sehr fremdes Bild, aber zugleich empfinde ich eine Art Wärme.

Wenn wir beide in irgendeiner Weise mit G tt verbunden sind, kann das nur gut sein. Jeder von uns soll sein, wie er will.

Viele meiner Freunde verstehen nicht, warum ich Marco nicht dazu bringen möchte, dass er übertritt. Das ist mir fern. Einen so mächtigen Eingriff an seiner Identität vorzuschlagen, kommt überhaupt nicht infrage. Ich liebe ihn so, wie er ist, für mich ist er schützenswert so, wie er ist. Wenn es einen G tt gibt, dann hat er Marco als Christen gedacht oder ganz einfach als Mensch, wie käme ich dazu, G tt zu spielen. Wenn es einen G tt gibt, bewertet er uns hoffentlich nicht danach, ob wir Juden, Christen oder Muslime sind. Hoffentlich auch nicht danach, ob wir Schweinefleisch essen oder oft genug beten. Das wäre doch albern, oder?

Marco konvertieren zu wollen, wäre mir zu übergriffig, zu manipulativ. Wie könnte ich das verlangen? Zudem hätte ich Angst vor der Verantwortung, die dadurch entstünde. Ich bin gerade froh, meinen Glauben freiwillig und ohne übergeordneten Auftrag auszuüben. Ich lebe meine Religion nicht täglich aus, wie könnte ich das also von Marco verlangen? Ich habe mich doch auch und gerade in seine nichtjüdische Art verliebt, in seine Rationalität, in seine Ruhe – warum sollte ich ihr einen falschen Schein geben.

Ich würde jedenfalls meilenweit flüchten, wenn jemand von mir verlangte, dass ich meine Religion ändere. Ich würde gehen ohne ein Wort der Erklärung. Ja, natürlich habe ich aus meiner Perspektive Glück – ich bin die Frau. Wenn ich Kinder bekomme, sind sie jüdisch, gleichgültig wie Marco es mit der Religion hält. Natürlich wird das eine Herausforderung, natürlich haben wir das Thema Beschneidung. Ich kann verstehen, dass es für Nichtjuden nicht nachvollziehbar ist, warum man seinem Kind so etwas antut. Marco hat seine Bedenken hierüber geäußert. Aber das ist eine Sache, bei der ich keinen Kompromiss ertragen würde. Es gibt dafür keine logische Erklärung. Es ist unser Erkennungsmerkmal, es nicht zu tun, käme einer Verleugnung, einem Verrat gleich. Einem Verrat an meinen Vorfahren, die man, weil sie Juden waren, zum Tode verurteilt hat.

Sollte mir, so G tt will, ein Sohn geschenkt werden, so habe ich Angst, dass Marco sich mir und meinem Kind fremd fühlen könnte.

Ich sagte ihm das. Er entgegnete nur, dass er sehr viel mehr Verbindung zu seinen Kindern aufbauen wollte als nur über die Religion. Mir gefallen sein Selbstbewusstsein und sein Festhalten daran, dass er viele Verbindungen zu seiner Familie haben will. Es passiert häufig, dass seine positive, auf Gemeinsamkeit ausgerichtete Denkweise meine oft negative, ausgrenzende Haltung erweicht. Ich sehe darin eine Art heilende Kraft für mich.

Gleichzeitig mit der Buchung der Hamburg-Reise hatte ich beschlossen, nach Bergen-Belsen zu fahren, da Oma von 1943 bis 1945 dort im KZ war. Meine Oma hieß Rywka Altmann und wurde 1945 in Bergen-Belsen befreit. Vorher war sie – bis 1943 – im Getto von Lodz. Dort wurde ihr Ehemann ermordet.

Ihre kleine Tochter Chajale wurde ihr entrissen. Der SS-Mann schmiss das Baby auf den Transportwagen zu den anderen Babys. Und die Transporter mit den Babys fuhren direkt zu den Gaskammern.

Geschätztes Deutschland, dafür gibt es keine rationale Erklärung! Das ist auch kein Systemverschulden, das ist reine Mordlust – in jedem Einzelfall Mordlust. Das System stand ja nicht hinter jedem Lustmörder mit einer Pistole und kontrollierte, ob er so brutal wie möglich und so sauber und effizient wie möglich mordete.

Omas acht Geschwister und ihre Eltern – alle wurden

getötet. Sie wurde in das Lager nach Ravensbrück und von dort aus in das KZ Bergen-Belsen deportiert.

Opa hat mich weit mehr geprägt als Oma. Oma erkrankte, als ich fünf war, an Alzheimer, sodass ich mich nur dunkel an die Zeit erinnere, in der sie noch gesund war. Ich erinnere mich, dass ich immer froh war, wenn sie mich erkannte. Oma war meist in Gedanken und ordnete mit ihren Händen imaginäre Dinge, immer wieder faltete sie und wickelte sie Tücher und rieb sie zwischen ihren Händen. Ich sagte oft zu ihr: »Omi, ruhe dich kurz aus, lass, deine Hände brauchen einen Moment Ruhe.« Sie sah mich dann wie aus einer anderen Welt an, hielt kurz inne, schüttelte den Kopf und machte weiter. Den ganzen Tag. Es hatte etwas sehr Zwanghaftes.

Unser Familienbild sah etwa so aus: Oma saß, in *coldres*, karierten Kaschmirdecken, gewickelt, auf ihrem Sessel und arbeitete mit den Händen an etwas, das wir nicht sahen. Rachel, meine Tante, saß, den Kopf in die Hände gestützt, am Esstisch und rauchte eine nach der anderen, mein Opa starrte in den Fernseher. Zu hören waren nur die tickenden Uhren und meine Mama, die in der Küche darüber fluchte, dass alle so dasäßen wie der Tod höchstpersönlich.

Wenn wir einen Moment nicht auf Oma achteten, rannte sie oft weg und fand sich orientierungslos in irgendwelchen Straßen wieder, ohne zu wissen, wer sie war. Manchmal zog sie sich aus, manchmal schnappte sie die Polizei. Einmal holten wir sie auf einer Polizeistation ab, wo sie halb bekleidet unter einem Tisch saß. Opa ging liebevoll auf sie zu. »*Rivkele, ich bin es.*« Sie aber schrie, Opa sei nicht ihr Mann, er würde sie regelmäßig schlagen, und sie könne nicht mehr zu ihm zurück.

Opa hat Oma nie geschlagen. Ich hatte trotzdem oft das

Gefühl, dass Oma aus ihrem Leben fliehen wollte, aber anders als andere Leute, die an Alzheimer leiden, hatte sie ein Ziel. Ihr erstes Zuhause – und ihren ersten Mann, den sie sehr geliebt haben muss. Dass sie sich nackt auszog und so versessen ihre Hände bewegte, waren für mich Überbleibsel aus der KZ-Zeit. Ich habe keine Beweise, und ich bin auch keine Psychologin, aber ich erkenne einen Zusammenhang. Das Zwanghafte dabei, das Handeln ohne Verstand, einfach um des Überlebens willen – das habe ich gefühlt.

Oma hatte in der Zeit im KZ in einem Außenlager in Unterlüß für die Rheinmetall AG gearbeitet. Sie hatte Munition aufgefüllt und Gewehre geputzt. Meiner Tante hat sie erzählt, dass sie nur überlebt hat, weil sie so flink mit den Händen arbeiten konnte.

Bergen-Belsen

Marco ließ mich zum Glück nicht alleine nach Bergen-Belsen fahren. In der Nacht vor der Fahrt konnte ich kaum ein Auge zutun. In dieser Nacht schliefen wir nicht miteinander. Marco muss die Belastung gespürt haben, ich war dankbar für seinen Respekt. Ich träumte wirr und wachte schweißgebadet auf. In meinem Traum war mir die Oma von meinem Ex-Mann erschienen, um mir zu sagen, dass er heiraten und bald Vater werden würde. Es tat weh.

Der Verlust eines jeden jüdischen Hauses tut weh. So viele jüdische Häuser wurden dem Erdboden gleichgemacht. Es kommt mir als Jüdin einfach nicht richtig vor, die Tradition nicht weiterzuführen.

Natürlich habe ich Angst, mit Marco all meine Wurzeln und meine Verbindungen zu meiner Gemeinschaft zu verlieren. Der Traum sagte mir, pass auf, dass die Tür zu deiner jüdischen Welt nicht zuklappt.

Ich trank einen Schluck Wasser. Der Mond schien auf Marcos Stirn. Wie sein Opa, dachte ich, wie sein Opa, der deutsche Soldat. Marco drehte sich näher an mich heran. Ich lag da und beobachtete ihn sehr lange.

Ich horchte in mich hinein. Ich konnte nichts Negatives

spüren, ich war so dankbar, Marco zu haben, er ist für mich das schöne, das einfache Leben. Ich muss ihn nicht beschützen, ich muss ihn nicht bewachen. Ich darf die sein, die ich bin. Ich fühle mich nur gut neben ihm.

Nachts fiel mir eine Situation ein. Marco hatte sein Examen bestanden, und wir feierten in lässiger Runde bei einem Kommilitonen. Marco und ich fingen an, zu der Musik zu tanzen. Ich war glücklich, sehr sogar. Ich war ausgelassen, konnte loslassen.

Als Marco hinter mir etwas heftigere Tanzbewegungen machte, drehte ich mich um und scheuerte ihm eine. Ich hatte mir plötzlich eingebildet, dass er mich zum Narren machte und so heftig tanzte, um seinen Jungs zu zeigen, was für ein Hecht er sei, der mich hinter meinem Rücken verraten könnte.

Mein Vertrauen zu ihm war in dieser Sekunde unterbrochen, und ich musste mich wehren. Ich rechnete ganz einfach mit seinem Verrat. Für eine Sekunde war die Zeit stehen geblieben. Als ich sein schockiertes Gesicht sah, schämte ich mich so unglaublich für meine Handlung. Ich hatte Angst, er würde mir die Ohrfeige nachtragen. Aber er verzieh mir noch am gleichen Abend. Umgekehrt hätte ich ihm das nicht so schnell verzeihen können. Er war es, der meine Hand nahm und mir einen Kuss gab. Es gibt Raum für meine Schwächen bei ihm, ich darf wachsen.

Ich schlief wieder ein. Als ich aufwachte, war es erst halb zwei. Die Leichenberge, die ich morgen in der Gedenkstätte sehen würde, forderten schon in der Nacht ihre Aufmerksamkeit. Ich verdränge die Bilder so oft. Sie werden sich nicht zwischen mich und Marco drängen. Wir sind stärker als das Leid.

Die Verbindungen in die Gedenkstätte sind nicht gut, da

sie tief im Wald liegt. Wir suchten nach Bus- und Zugverbindungen, aber wir kamen nur bis Celle. Bereits in Hamburg und dann auch in Celle fragten wir am Tourist-Information-Stand nach der Verkehrsanbindung bis Bergen-Belsen. Es war mir unangenehm, nach dem Weg zu fragen, ich fühlte mich nicht gut dabei.

Die erste Frau am Schalter hatte patzig geantwortet, dass unser Reiseziel mit Hamburg überhaupt nichts zu tun hätte, sondern mit Hannover, mehr wisse sie auch nicht. Ich sagte freundlich, ich wisse, dass von Hamburg ein Zug nach Celle ginge, ich bräuchte lediglich die Information über eine weitere Busverbindung.

Die Dame saß vor einem PC, der garantiert einen Internetanschluss hatte, und behauptete steif und fest, nur über Verbindungen rund um Hamburg Auskunft geben zu können. Ich regte mich tierisch auf und ging zum nächsten Infotisch, wo mir eine ebenfalls deutsche Dame sehr nett und ausführlich alle Möglichkeiten nannte und mir auch sagen konnte, dass es sonntags von Celle aus keine Busse nach Bergen-Belsen gäbe.

Am Bahnhof in Celle gingen wir noch mal zum Infostand. Dieses Mal hatte ich wirklich ein beklemmendes Gefühl bei der Frage nach der Gedenkstätte. Als ich den Herrn fragte, ob es eine Verbindung Richtung Bergen-Belsen gäbe, schaute er weg und antwortete unhöflich: »Da gibts gar nichts.« Ich war perplex und konnte nicht reagieren. Marco sagte laut: »Danke für Ihre freundliche Antwort.« Ich fühlte mich etwas wacklig und war froh, Marcos aufrechten Gang neben mir zu spüren.

Dieser Schalterbeamte hätte nichts gegen die Endlösung gehabt, da war ich sicher. Wir gingen zum Taxistand. Für Marco waren es schlecht gelaunte Beamte, für mich waren es Leugner.

Ich fühlte ganz einfach ihre tiefe Ablehnung, so wie ich bei der einen Dame im Hamburger Bahnhof Verständnis fühlte. Ja, ich gebe zu, angstbeladen zu sein. Es gibt eigentlich nur deutsche, arabisch oder indisch aussehende Taxifahrer. Innerlich wusste ich nicht, ob ich mir einen Araber oder einen Deutschen für die Fahrt wünschen sollte. Bitte kein rechter Araber, dachte ich. Hinter dem Steuer saß ein Türke, der ausgesprochen nett auf unseren Zielort reagierte. Ich war dankbar und erleichtert.

Nun war ich sehr froh, mit dem Taxi fahren zu können. Bis zu dem Lager mit Bus oder Zug zu fahren, wäre für mich emotional sehr anstrengend geworden. Hauptsächlich wollte ich nach Bergen-Belsen, um einen ehemals geheimen Dokumentarfilm der britischen Armee über die Befreiung von Bergen-Belsen zu sehen. Ich hoffte, meine Oma im Film zu erkennen.

Ich weiß, die Chance ist verschwindend gering. Ich bilde mir ein, Oma im Film erkannt zu haben. Ich weiß nicht, ob es der starke Wille war, etwas Offizielles zu haben, oder ob sie es wirklich war. Viele von uns sehen ausgehungert so gleich aus. Die hohen Wangenknochen, die tief liegenden Augen. Ich habe die Frau fotografiert.

Zoé und meine Tante finden auch, dass es Oma sein könnte. Mama ist skeptisch, glaubt eher nicht daran. Wie soll man auch einen so ausgelaugten Menschen mit so tiefen Augenringen erkennen. Die Augenringe sprechen für Oma. Sie hat sie mir und Mama vererbt.

Ich kannte Omas Leidensgeschichte in groben Zügen, aber eine reale Dimension hat sie erst in Bergen-Belsen bekommen. Die Bilder oder Dokumente waren mir nicht neu. Ich habe als Kind tonnenweise Bildmaterial über Massengräber angeschaut, einfach aus purer Fassungslosigkeit. Das Lager, das echte Lager, im Chaoszustand bei der Befreiung zu sehen, hatte etwas sehr Reales.

Die Engländer, die das Lager befreit hatten, filmten sich gegenseitig. Sie waren etwas ratlos und sagten, dass die Herrenrasse so viele Opfer gefordert hätte, dass nach acht Tagen Räumungsarbeiten mit Bulldozern immer noch nicht alle Leichen geborgen worden waren. Wo man hinschaute, lagen Leichen.

In diesem Film wird die unterschiedliche Behandlung der KZ-Insassen sehr deutlich. Bergen-Belsen war gleichzeitig ein Arbeitslager und ein KZ. Während die Insassen des Arbeitslagers wohlgenährt waren und keinen Hunger litten, erkennt man alle jüdischen Insassen an ihrem ausgemergelten Aussehen. Überall stechen Knochen hervor, und man wundert sich, wie so dünne Menschen leben können. Die meisten konnten aus Schwäche kaum aufstehen, um ihren Befreiern entgegenzueilen.

Etwas liegt mir hier am Herzen. Sogar so aufgeklärte und ehrbare Institute wie die Gedenkstätte Bergen-Belsen benutzen das Wort »KZ-Häftling« für die jüdischen, die homosexuellen und die Sinti- und Roma-Insassen. Ich finde diese Bezeichnung so unerhört, dass mir hierfür die Worte fehlen. Nach dem verfassungsrechtlichen Grundsatz des Schuldprinzips gibt es keine Strafe ohne Schuld. Also kann es auch keine Haft ohne Schuld geben. Die Tragödie ist aber doch gerade, dass die Juden, die Sinti und Roma, die Homosexuellen und die Behinderten unschuldig waren. Also nennt sie doch um Himmels willen nicht »KZ-Häftlinge«! Das war keine Haft, das war Sklaverei.

Streng genommen kann man noch nicht einmal Kriegsgefangene sagen, oder? Alle Eingesperrten wurden entgegen der schrecklichen NS-Propaganda völlig grundlos entrechtet. Vielleicht wäre dies ein passenderer Begriff: die »Entrechteten« der Nazidiktatur. Obwohl man ja die Menschenwürde angeblich nie verlieren kann, und die ist ja auch ein Recht – ein Menschenrecht. Vielleicht muss es gar keinen Begriff geben – aber den Begriff »Häftlinge« finde ich falsch.

Ich stand unter Druck, in Bergen-Belsen etwas Besonderes zu tun. Ich wusste nur nicht, was. Wie sollte ich dem Andenken an den Leidensweg gerecht werden? Ich ging zu dem großen Monument aus Stein und fing intuitiv zu beten an. Ich kann nicht mehr richtig beten, ich habe es verlernt. Das Einzige, was mir einfiel, war das *mode ani*, das Morgengebet für Kinder, mit dem wir danken, an einem neuen Tag die Augen aufschlagen zu dürfen. Schließlich hatte in unserem Fall das Leben über den Tod gesiegt.

Der Befreiungsfilm hat mir klargemacht, was für ein ungeheures Glück es ist, dass Oma überlebt hat. Ich kann nicht genug danken und ihr meine tiefste Bewunderung dafür aussprechen, nie aufgegeben zu haben. Die Nazis verteilten die Rollen der Guten und der Bösen so klar und deutlich, es gab wenige Grauzonen. Als Oma 1943 in das KZ kam, hatte sie schon so viel Hunger hinter sich, hatte die Fahrten in Viehwaggons hinter sich, hatte die Sterilisationsspritzen hinter sich und hatte den Mord an ihrem Mann und an ihren Kindern verkraften müssen.

Bergen-Belsen mit seinen unmenschlichen Lebensbedingungen stand am Schluss einer Reihe von vorausgegangenem Mord und schwerster Räuberei. Die Isolation, die Oma gefühlt haben muss, als sie im KZ arbeitete, lässt sich nur erahnen. Wenn Mama sich als Kind an sie kuschelte, sagte sie: *»A soi hobn sei oif mir geschlufn, die froien in der barake oif di pritschn. Wen sei hobn sech nischt baweigt, hob ich gesugt, Fela rik no a stikl, gai a rub fin mir, di bist mir a soi schwer, ober sie hot schoin nischt mer gelebt. Finef, sechs mentschn hobn geschlufn oif einer pritsche. Jeidn tug is an andre a wek gestorbn.«*

Als ich Bergen-Belsen verlasse, fühle ich wieder einmal das Glück, nicht auf der anderen Seite stehen zu müssen. Natürlich hat die Nachkriegsgeneration und die dritte Generation keinerlei Schuld! Selbstverständlich nicht. Aber ungeklärte Fragen und Tabus müssen belasten, und auch den unbeschwertesten Enkel wird doch die Frage einmal im Leben quälen, was die Großeltern getan haben. Ich bin dankbar, mich nicht mit der Frage auseinandersetzen zu müssen, was meine Großeltern im Krieg verbrochen haben.

Eine Geschichte, die eine Frau in Bergen-Belsen auf Tonband festhält, möchte ich erzählen. Als die Engländer in das KZ kamen, wollten sie den Kindern sofort Wurst, Schokolade und fettiges Essen geben, um sie zu kräftigen. Diejenigen unter den jüdischen Entrechteten, die noch genug Kraft hatten, etwas zu sagen, baten ihre Befreier, den Kindern kein schweres Essen zu geben. Viele hatten gesehen, wie Kinder kollabierten, weil sie das Essen nicht mehr gewohnt waren.

Ähnlich ging es auch den erwachsenen Entrechteten. Die Befreier gaben den Ausgehungerten in bester Absicht Essen, und viele aßen so viel, dass sie noch am gleichen Tag starben. Mein Opa sagte dann: *»Jo, manche senen gewein a soi bakloppt, sei hobn sech a soi ful gefresn, as sei senen lign geblibn in dreid.«*

Zurück zu der Geschichte. Die Augenzeugin aus Bergen-

Belsen erzählt, dass einige Soldaten gewarnt wurden, bevor sie die Baracken der Kinder erreichten. Sie wussten natürlich nicht, wie sie diesen Kindern begegnen sollten. Ein Soldat ging langsam auf einen kleinen Jungen zu, bückte sich und umarmte ihn zärtlich. Als er sich wieder aufrichtete, hatte sich eine Reihe von Kindern gebildet, die auch auf eine Umarmung hofften.

Ein Geburtstag

Zwei meiner Freundinnen feierten ihren dreißigsten Geburtstag in Frankfurt. Ein kleines Event. Ich war seit langer Zeit nicht mehr unter so vielen jüdischen Gemeindemitgliedern gewesen. Früher hätte ich mir etwas Neues zum Anziehen gekauft, drei Wochen vor der Party eine Diät begonnen und einen Friseurtermin vereinbart.

Ich hatte keine Lust, so vielen Pseudo-Bekannten auf einmal zu begegnen. Hinzu kommt, dass ich das Gefühl habe, mich von meinen alten Freunden durch die Scheidung und meinen Lebenswandel distanziert zu haben.

Ich hörte in mich hinein und fragte mich, warum ich nicht auf den Geburtstag wollte. War ich unsicher? Nein, ich hatte keine Bedenken, den Menschen zu begegnen, deren Mainstream-Gedanken mich früher geprägt haben.

Ich hatte ganz einfach keine Lust auf die oberflächliche Bussi-Bussi-Gesellschaft. Da mir meine Freundinnen am Herzen liegen und ich sie nicht aufgeben will, beschloss ich doch, auf den Geburtstag zu gehen. Ich treffe sie alle gerne einzeln und nicht so gerne in einer Gruppe.

Ohne neues Outfit, ohne Diät würde ich hingehen. In den letzten zwei Jahren habe ich mich extrem von Bekannten und

Freunden abgekapselt, um in mich hineinzuhören, was eigentlich meine Vorstellungen und Wünsche vom Leben sind. Obwohl ich an der Uni arbeite, promoviere und in einem guten Viertel in Frankfurt wohne, habe ich das Gefühl, seit drei Jahren ein absolut anderes Leben als meine früheren Freunde zu führen.

Ich hatte einfach keine Lust, Spannungen und Blicke zu spüren. Ich will sie ganz einfach vermeiden. Hätte ich noch zu einigen Kontakt wie früher, hätte ich vor der Party mit ihnen telefoniert, und eine hätte mich gefragt, was ich anziehe, um mir dann zu sagen, dass man sich schon schick machen müsse.

Ich genieße es jetzt einfach, Abstand zu Frauen zu haben, die sich zu viel mit ihrem Äußeren beschäftigen. Ich versuche, mir meine Gedanken zu verbieten, dass ich viel zu dick bin und fünf Kilo weniger wiegen könnte und so weiter. Ich sage mir, dass ich gut so bin, wie ich bin. Ich sage mir, ich bin mehr wert als mein Gewicht. Ich sage mir, dass ich weniger wiegen könnte, aber mich bewusst dagegen entscheide, weil ich genießen möchte.

Ich blicke mich heute nicht genau im Spiegel an, ich blicke nicht auf meinen Bauch, ich blicke auf mein Handy. »Das ist jetzt einfach eine Tatsache, keine Anmache, du hast richtig schöne Augen, Channah. Hast du genug Spaß im Leben?«

Die freche SMS ist von jemandem, den ich gar nicht näher kenne. Ich lächle, ich freue mich. Wann hat Marco mir das letzte Kompliment gemacht? Bekomme ich ein Kompliment von einem anderen, brechen dunkle Zeiten für Marco an.

Ich vergleiche. Wie lächerlich, wie kann man einen Player, der einen mit Komplimenten überhäuft, mit einem seriösen Partner vergleichen, der einen jeden Tag unterstützt?

Trotzdem! Ist das so schwer, mal eine Blume mitzubringen, mal zu sagen, dass man die eine ist? Oh Channah, du bist so ein Mädchen!

Wie viele Jahre will ich eigentlich noch auf meinen Prinzen warten? Ich verfluche alle Märchen, alle Prinzen- und Prinzessinnen-Geschichten. Ich bin wütend. Ich bin neunundzwanzig Jahre alt und habe immer noch nicht begriffen, dass es keinen Prinzen gibt. Warum hat man mich und meine Freundinnen darauf abgerichtet, das ganze Leben auf einen Mann zu warten?

Warum haben alle immer so getan, dass er irgendwann kommt, der Mann deiner Träume? Wieso hat nie jemand gesagt, es kann sein, dass du den Richtigen nicht findest, aber das Leben dann trotzdem lebenswert ist? Dass du dann trotzdem ein vollwertiges Mitglied der Gesellschaft bist? Und wieso funktioniert die Prinzessin-Idee so nachhaltig in meinem Kopf?

Es ist ganz anders. Egal, wie oft du kochst, egal, wie lieb du bist, egal, wie hübsch du dich für ihn machst, er wird nie sagen, ich bin der glücklichste Mann auf der Welt, weil ich mit dir lebe.

Ich werde meiner Tochter nie Prinzengeschichten erzählen. Ich werde ihr sagen, dass in ihr ein schützenswertes Licht brennt. Dass sie alles schaffen kann, was sie will. Ich werde ihr sagen, dass sie selbst alleine und ohne Mann etwas Besonderes ist und viel erfüllter leben kann, wenn sie an sich glaubt und sich vertraut.

Ich bin jedes Mal geschockt, wenn ich höre, wie man kleinen Mädchen Königsgeschichten erzählt. Wieso müssen sie alle dran glauben?

Wieso eigentlich immer dieses krampfhafte An-einen-Mann-Binden? Komme ich nicht alleine auf die Welt? Habe ich meine Prüfungen nicht alleine bewältigen müssen, meine Scheidung, und sterben wir nicht alle alleine? Ah, das ist gut, der Naturzustand ist nicht die Zweisamkeit.

Wieso aber rahme ich Marco und mich in einen Rahmen, wieso kaufe ich zwei gleiche Tassen, wieso achte ich darauf, dass er in meiner Wohnung das hat, was er mag? Wieso rahmt er mich nicht? Wieso trägt er kein Foto von mir bei sich? Ich schmeiß unser Bild an die Wand. Es fliegt durch die Küche. Ich trete noch einmal darauf. Ich entferne Marco aus meinem Portemonnaie.

Wer bin ich denn? So weit kommt es noch, dass ich jemanden brauche. Hat gutgetan, war überfällig. Ich fühle mich besser.

Ach, ist mir doch egal. Ich habe einen Kredit für New York aufgenommen. Ich brauche keinen Prinzen, ich werde mein Leben selbst königlich gestalten. Ich werde in der tollsten Stadt mit mir selbst im besten Electro-Club tanzen und mich feiern. Dann schau ich mal, was die Welt mir so zu bieten hat.

Marco ruft an: »Hi Süße, wenn wir um 20 Uhr da sein sollen, wann soll ich dann bei dir sein, so gegen 19.30 Uhr?«

Ich: »Ja, klar; bis dann.«

Marco: »Freue mich, Kuss!«

Wahrscheinlich freut er sich, weil er erst um 19.30 Uhr kommen muss. Komm doch um 19.45 Uhr! G tt behüte, man könnte vor der Party noch zusammen Zeit verbringen! Ich werfe noch ein Glas an die Wand. Jetzt beruhige dich mal, er ist im Stress und schreibt in zwei Wochen sein Examen. Er verbringt seine gesamte Freizeit mit dir. Wo ist denn dein Problem?

Mein Problem ist, dass ich nicht verstehe, warum er sich nicht beeilt, mich zu seiner engsten Verbündeten zu machen. Mein Problem ist, dass ich nicht spüre, dass er das unbedingt will, unbedingt braucht. Es kommt, wenn es an der Zeit ist. Wenn man mit seinem Leben nichts anderes anfangen kann, außer mit einer Frau zusammenzuziehen. Es entwickelt sich einfach so dahin, in geordneten Bahnen, in vernünftigen Zeitläufen.

Zwei Jahre, drei Jahre, wie lange noch, bis er weiß, dass ich … Ach, ist doch Quatsch. Wieso hängst du ihm das an? Er hat doch gesagt, wir ziehen Ende des Jahres zusammen. Musst du an das Schlechte glauben, damit du Gerechtigkeit erfährst? Denkst du, alles Schlechte kommt zu dir zurück? Ach, ich weiß nicht. Es wird das, was wir daraus machen, oder?

Marco kommt rein. Er lächelt. Ich schmunzle. Ich ziehe meinen Kajal noch zehnmal nach. Marco steht an der Tür und wartet geduldig. Er stresst mich nicht. Er ist ja da, er ist ja bei mir. Dann ist er halt zu spät. Wird schon alles werden.

Auf der Party kommen Benny und Nathalie zur Tür rein. Benny betritt den Raum mit einem Gesicht, als hätte er soeben einen Marathon gewonnen.

Er ist gerade Vater geworden. Er ist seit zwei Wochen das erste Mal wieder mit seiner Frau aus. Benny sieht mich. Ich stehe auf. Benny fällt mir um den Hals. Ich freue mich richtig mit ihm über sein Elternglück. Ich weiß, was er fühlt. Es fällt ihm schwer, sein Baby »allein« bei seinen Eltern zu lassen. »War es schwer?«, frage ich.

Benny schüttelt den Kopf: »Unfassbar, ich will sofort wieder zurück. Ich wäre fast nicht gegangen. Natusch hat geweint.«

Marco bekommt Fetzen unseres Gesprächs mit. Er klopft Benny auf die Schulter: »Genieß deine Ruhe, Benny.«

Ich sage: »Du verstehst das nicht. Benny wäre am liebsten gar nicht gekommen.« Marco schaut mich erstaunt an.

Ist das der Unterschied zwischen einem jüdischen Mann und einem Deutschen? Es ist mir unangenehm, dass Marco das zu Benny gesagt hat. Wieso eigentlich? Mir muss es für mich unangenehm sein. Werde ich am Ende alleine mit allem dastehen? Muss ich mich darauf einstellen, dass Familie für Marco Stress ist? Aber ist es nicht viel gesünder, wie Marco zu denken? Es heißt ja nicht, dass man nicht liebt.

Heute werde ich diese Fragen nicht klären und morgen auch nicht. Heute wird nichts entschieden, und ich habe Zeit für alle Fragen. Egal, wie alt ich bin.

Ankunft in New York

Ich bin tatsächlich in New York angekommen. Seit 9/11 lade ich vor einem Flug mein Handy immer auf – wenn etwas sein sollte, möchte ich Mama und Zoé sagen, dass ich sie liebe und dass das Leben nun mal so ist und dass die Zeit mit ihnen trotz vieler Schwierigkeiten wunderschön war. Marco würde ich sagen, dass ich ihn liebe, dass ich gerne ein Baby von ihm unter meinem Herzen getragen hätte. Eigentlich hätte ich gerne von ihm gehört, dass ich diejenige bin, die es wert ist, ein Kind von ihm zu bekommen.

Heute hätte er es sagen können.

Trotz leeren Akkus hat mich kein Terroranschlag ereilt, und ich bedanke mich innerlich für den guten Flug. Ich darf also wirklich weiterleben.

Vor mir steht eine freudige Zeit, die ich mir selbst organisiert habe. Vielleicht höre ich später Musik und tanze mit mir in meinem Zimmer.

Bei der Ankunft muss ich meinen Pass vorzeigen und meine Augen mit einem Laser scannen lassen. Ich denke an meinen Doktorvater, der jetzt einen passenden Spruch über Einschränkung der Grundrechte parat hätte.

Mein Taxifahrer ist rumänischer Abstammung. Er hat das

Selbstbewusstsein eines Superstars. Ich frage mich, wie es sein kann, dass er so glücklich ist. Als Taxifahrer in New York.

Ach, Channah, tadle ich mich, das hat nun wirklich nichts mit dem Beruf zu tun. Wirklich nicht? Nein? Ach so, und wieso bist du dann nicht Verkäuferin oder Kellnerin? Du liebst doch die Menschen? Ja, sagt ein Teil von mir. Ein anderer antwortet: Aber ich liebe auch die Bücher. Die Bücher und den Schutz, den sie einem bieten. Den Schutz? Ja, den Schutz, den ganzen Tag davorsitzen zu können und nicht erreichbar zu sein. Nicht immer, nicht überall. Ja, aber der Taxifahrer sagt, dass er ein Haus gekauft hat. Was hast du, Channah? Was kannst du vorzeigen? »*Wi fil ken a mentsch leinen?*«, höre ich meinen Opa fragen.

Am Wochenende, bevor ich geflogen bin, sind Marco und ich spazieren gegangen. Wir kamen am jüdischen Friedhof vorbei. Marco fragte: »Möchtest du rein?«

Auf dem Friedhof liegen Papa, Oma und Opa. In dieser zeitlichen Abfolge. Marco sah mich liebevoll an. Mein inneres Auge zeichnete mit rotgoldener Leuchtschrift die Buchstaben Marco in geschwungener Schreibschrift vor einen tiefschwarzen Hintergrund.

»Danke«, sagte ich, »wäre schön, aber ich habe mich schon gestern verabschiedet.«

»Machst du das so vor großen Reisen?«

»Ja«, sagte ich.

Er legte den Arm um mich, und wir gingen weiter. Beschützt, ich bin beschützt. Alles ist gut, dachte ich, alles ist so, wie es sein soll.

Als ich den Tag zuvor auf dem Friedhof war, habe ich Steine für die Gräber gesammelt. Das ist ein Brauch. Steine bei jedem

Besuch. Früher suchte ich die Steine sorgfältig aus. Dabei ließ ich mir viel Zeit. Ich suchte für jeden den passenden Stein. Ich konnte aber nie gleich schöne Steine finden und hatte immer das gleiche Problem. Wem gebe ich den schönsten Stein?

Meistens bekam Papa ihn. Dann dachte ich eine Weile, Oma hätte ihn verdient, und manchmal dachte ich, Opa, weil er ganz einfach am längsten am Leben war und damit bei mir geblieben ist. Seit einiger Zeit achte ich nicht mehr darauf, welchen Stein ich wem gebe, das scheint mir am gerechtesten zu sein.

Sinnlose Gedanken, die zu nichts führen. Sie rauben nur Energie. Wenn ich die Grabreihe betrete, in der meine Familie liegt, fühle ich ein Gefühl, das sich schwer beschreiben lässt. Aber es hat mit Ehre zu tun und mit Respekt. Mein Gang wird aufrechter. Ich will ihnen stark gegenübertreten.

Auf Opas Grab laufe ich freudig zu. Ich setze mich auf den Stein. Da wo sein Kopf liegen müsste. Ich sage zur Begrüßung: »Opa!« Und in meinen Gedanken grinst er schelmisch und sagt: *»Ni, Channele? Wirst furn nuch ameriku?«*

»Jo«, sage ich.

Ich weiß, welche Frage jetzt kommt. *»Senen a sach jidn dortn?«*

»Jo«, würde ich sagen, *»a sach.«*

»Ni git«, würde er sagen. *»Git, wen es steit a schil. Wus wirst di dortn machn?«*

»Ich wil schraibn a bich.«

»A bich, ze wus?«, würde er fragen.

An der Stelle traue ich mich für einen Moment nicht, mir die Unterhaltung weiter vorzustellen. Wenn ich ihm erklären würde, dass es mir wichtig ist, die aus der schrecklichen

Geschichte resultierende Zerrissenheit, die Selbstzweifel und die Unruhe in unserer Familie zu beschreiben, würde er höchstwahrscheinlich entgeistert fragen: »*Fardeim wilst di furn? Weimen interesirt dus?*«

Ich würde mir blöd vorkommen. Was habe ich für ein Recht zu sprechen, wenn er geschwiegen hat?

Im schlimmsten Fall würde ich ihm auch noch einen Vorwurf machen, das Leben nicht gut genug, nicht freudig genug, nicht lebendig genug gelebt zu haben. Genau das will ich vermeiden. Ich habe plötzlich Angst, den Holocaust ad absurdum zu führen, indem ich über die verzweifelten Existenzen schreibe. Unsere Existenzen. Die meiner Familie, die meines Schutzschildes, die meiner heiligsten Städte, die derjenigen, die ich über alles liebe und verteidige. Ich will nicht, dass Opa sich schlecht fühlt, dass er denkt, ich würde ihn bewerten oder schlimmstenfalls kritisieren. Ich will eine Stimme haben, eine Stimme für den Wahnsinn, aus dem ich langsam herauswachse. Ich will den Wahnsinn sichtbar machen, weil das Schweigen darüber den Wahnsinn nährt, ihn wachsen lässt, ihm eine anonyme, eine grässliche Maske gibt, die ich nicht mehr tragen möchte.

Aber ich will das schaffen, ohne dass meine Familie sich verletzt fühlt. Opa würde die Unterhaltung mit einer Message wie dieser schließen: »*Hob ich nischt gearbet, hob ich nischt gehobt kein kinder, hob ich nischt gehitn di mame, hob ich nischt geboit kein hois?*«

Stimmt, würde ich denken, du bist mit aller Kraft weitergegangen, ohne nach hinten zu schauen. Du hast alles richtig gemacht. Mehr erreicht, als man verlangen darf. »Aber wann hast du gelebt, wann warst du glücklich?«

Ich hätte ihn das niemals gefragt. Hätte ich es getan, hätte er gesagt: »*Ach, narisch kind. Glik, glik in dreid mit deim ganzn glick.*«

Dann hätte er vor sich hin gestarrt in die endlose Leere. Unsere Unterhaltung wäre zu Ende gewesen. Ich hätte mich schlecht gefühlt.

Am Grab waren wir kurz eins. Ich habe ihn gespürt. Ich habe gesagt, ich werde schöne Steine aus New York mitbringen. Steine überdauern.

Dann bin ich weiter zu Omas Grab. Oma und Opa liegen nicht nebeneinander. Sie liegen sich gegenüber. Wie Bekannte, wie Freunde, wie Menschen, die das Leben nur zufällig vereint hat. Ohne gesicherte Verbindung. Vielleicht ist es ja genau richtig so. Opa hatte nach Omas Tod kein Grab neben ihr kaufen wollen. Mich hatte das verunsichert, sehr sogar. Opa war damals schon weit über achtzig.

Mit einundachtzig Jahren hat er sich seine letzte Geliebte angelacht. Wenigstens war er konsequent. Konsequent untreu, während und nach der Ehe. Ich kann es ihm nicht übel nehmen. Bei mir bleibt nur die Sorge, dass Männer ganz einfach so sind.

Ich denke an das Kind von der Nachbarin in Schweden. Mama sagt, es gab ein Nachbarkind, das Opa wie aus dem Gesicht geschnitten war. Mama hatte Opa immer wieder von der Nachbarin wegholen müssen. In der Mittagspause oder am Abend.

Mit einundachtzig Jahren hat Opa eine Frau zurückgewiesen, weil ihm ihr Essen nicht geschmeckt hat. Er hatte sie in Tel Aviv auf der Promenade angesprochen. Sie hatte ihn zum höchsten jüdischen Feiertag eingeladen, zu Jom Kippur. Ich war in Israel, um Jom Kippur mit ihm zu feiern. Er versetzte mich für die Frau mit dem großen Busen. Ich aß allein mit meiner Schwester und meiner Tante. Ich konnte nicht glauben, dass mein Opa mich am Feiertag versetzte.

Als wir beim zweiten Gang waren, kam Opa zu uns rein und sagte: »*A mise froi.*«

»*Far wus?*«, fragte ich verblüfft.

»*Ken nuch nischt a mul machn a gite joiech.*« Ich war froh, ihn wieder bei uns zu haben.

Vielleicht wollte Opa nicht neben Oma liegen, weil er seiner ersten Frau nah sein wollte. Vielleicht liegt Oma da gerne alleine und nah an ihrem ersten Mann. Vielleicht liegen sie alle genau richtig so, wie sie liegen.

Ich gehe zu Papa. Ich schaue kurz auf Mamas Seite. Mama hat gleich nach Papas Tod einen Grabstein für beide gekauft. Mich schaudert Papas Grab immer und dass ich auf Mamas Grab schaue, obwohl sie lebt. Ich würde es am liebsten nicht sehen. Manchmal legen Besucher versehentlich Steine auf Mamas Seite, weil auf dem Grabstein nicht klar markiert ist, auf welcher Seite Papa liegt. Dann krümmt sich mein Magen zusammen, und ich entferne schnell die Steine und lege sie auf die richtige Seite zu Papa, wohin sie gehören. Ich habe Angst, dass das Grab auf Mama wartet. Denn das tun die Gräber alle, nicht wahr? Sie warten.

Ich weine. Ich weine das erste Mal seit über zwanzig Jahren an Papas Grab. Meine Tränen tropfen auf den schwarzen Granit und fließen von dort in die Erde, und ich stelle mir vor, dass sie Papa erreichen und ihn in eine Lichtgestalt verwandeln, die zu mir fliegt.

Ich sage Papa auch, dass ich ihm schöne Steine mitbringen

werde, New Yorker Steine, Steine aus Brooklyn. Dann wende ich mich ab. Ich lege einen weiteren Stein auf das Grab des Mannes einer der engsten Freundinnen meiner Mutter. Ich liebe diese kleine smarte Frau samt ihrer Lebensstärke und ihrem trockenen Humor. »Sie liegen in guter Gesellschaft, unsere Männer«, hat sie mal zu Mama gesagt. Ich konnte damals über diesen geschmacklosen Scherz nicht lachen. Heute lächle ich. An Stefans Grab brennt eine Kerze. Ich drehe mich um. Vielleicht war Agi eben da? Ich lege schnell einen Stein auf das Grab von Stefans Bruder, der ein Grab weiter liegt, und gehe einen anderen Weg als den, den ich gekommen bin, und halte Ausschau nach Agi. Sie ist nicht da.

Der Taxifahrer reißt mich aus meinen Gedanken. »Watch you buy some good meat.«

Was will er? Kann er nicht eine Sekunde mal den Mund halten? Ach, er spricht von dem besten rumänischen Rezept: Krautwickel. Wieso reden Menschen so viel? So gerne? So rücksichtslos. Ich will die Skyline sehen. Ich will den Moment genießen, es hierher geschafft zu haben. Geschafft? Mit der Sicherheit, Geld zu haben, mit einem sicheren Flug, was hast du schon geschafft? Doch, sage ich mir, doch, es ist schon etwas, alles stehen und liegen zu lassen und mal eben so eine wissenschaftliche Auszeit von allem zu nehmen. Doch, das ist gut, und sicher werden die Gedanken freier hier.

Ich will die Käfigstangen in meinem Kopf etwas zur Seite biegen, ich will sie vielleicht sogar für einen Moment unsichtbar machen. Vielleicht sogar für eine ganze Zeit. Wenn ich mein Gehirn trainiere, kann es freier werden. Es darf frei sein, es ist sogar meine Pflicht, frei zu werden. Für wen? Für meine Kinder. Ja? Nein! Für mich, in erster Linie für mich und sicher auch für ihn. Für ihn, weil er eine komplizierte Jüdin versteht. Weil er weiß, dass ich gerade an Weihnachten Auschwitz besuchen muss. Zumindest theoretisch.

Ein Abend in Chelsea

Es ist Erew Pessach. Lilly, die Professorin, die ich beim Ernst-Ludwig-Ehrlich-Studienwerk kennengelernt habe, hat mich zu sich nach Hause eingeladen. In New York habe ich fünf Pessach-Einladungen. Zu Hause hätte ich keine, weil ich bei meiner Familie essen würde.

Pünktlich zum Feiertagsstress hat Mama in Frankfurt einen Unfall mit ihrem neuen Auto, wie sie mir am Telefon sagt.

Mein Hals wird trocken, mein Herz hämmert: »Geht es dir gut? Ist dir etwas passiert?«

»Nein, aber das Auto hat einiges abbekommen. Das kostet mich ein Vermögen.«

Ich bin glücklich, dass ihr nichts passiert ist. Ich sage: »Mazel tov.«

»Was?«, fragt Mama irritiert.

»Ich bin froh, dass wir den Unfall jetzt hinter uns haben.«

»Wie meinst du das?«, fragt sie.

»Er wäre sowieso gekommen«, sage ich.

»Ach, Channah, was sagst du dazu … Ich muss jetzt mit der Polizei und den anderen Unfallbeteiligten sprechen.«

»Gut, bis nachher.«

Ich fahre zu Lilly und Paul in die Upper Westside. Ihre

Wohnung ist wunderschön, und ihre Beziehung wirkt so, wie man sich eine respektvolle Beziehung wünscht. Paul ist nichtjüdisch. Er ist authentisch.

Wie bekommt man so eine Beziehung hin? Ob ich mit meinem Partner auch so selbstverständlich Pessach feiern könnte? Selbstverständlich und frei. Paul kennt die Gebete, kennt die Rituale.

Nein, ich werde das nicht tun können. Alles wird auf meinen Schultern lasten. Die Verantwortung, das Erbe weiterzutragen, liegt allein bei mir.

Die Gesellschaft, die bei Lilly und Paul zu Pessach am Tisch versammelt ist, gehört zum jüdisch amerikanischen liberalen Bürgertum. UNO-Mitarbeiter, Professoren und Persönlichkeiten, die einem guten Woody-Allen-Film entsprungen sein könnten, sitzen mit mir am Tisch.

Ein lesbisches Paar dominiert den Abend. Das ist es, was ich gesucht habe. Tolerante jüdische Menschen. Bei denen nicht nur die starre Ehe, die sowieso kein Mensch durchhalten kann, zählt.

Ich will hierbleiben. Ich will nicht unter meine Käseglocke zurückkriechen. In mein Getto, in die zwei Welten nebeneinander. Die ständige Grenzbewegung ist anstrengend. Hier kann ich ankommen. Und doch fühle ich, wie ein Stein mich runterzieht.

Paul stellt mich der Runde vor. Das ist Sowieso, er ist Professor in Yale.

»Oh«, höre ich mich sagen, »I visited Harvard last weekend.«

Der ältere Herr gibt verärgert zurück: »No, I am in Yale not in Harvard.«

»That's great. No, I mean I have been to Harvard to visit the campus.«

Er wird lauter und sagt: »It is not Harvard, it's Yale.« Er dreht sich um und geht zu Tisch.

Das lief ja schon mal fantastisch, denke ich. So weit oben – und immer noch Minderwertigkeitskomplexe! Ich weiß nicht, welche Rolle ich heute Abend einnehmen soll.

Ich versuche, mich ins Gespräch der anderen Männer einzubringen. Reden sie jetzt über Soccer? Ist das Fußball oder … ach, keine Ahnung. Okay, Einstieg verpasst.

Ich helfe der sehr energischen Frau des lesbischen Paares beim Tischdecken. »No, sweety, you have to put the cookies this way.«

Nein, denke ich, bitte nicht die Nächste mit Zwangsneurosen. Wieso kratzt sie das, wenn die Cookies anders liegen als üblich? Wie verträgt sich das mit ihrem emanzipierten Getue?

Okay, Channah, sage ich mir, sei keine Beobachterin heute Abend, sei Teil der Gesellschaft. Aber ich höre die anderen nicht. Wieso höre ich nichts mehr? Der Abend rauscht an mir vorbei. Ist es doch komisch, das erste Pessachfest deines Lebens nicht zu Hause zu sein? Das wäre der erste Seder, an dem ich meine Aufgabe, als Jüngste der Familie die vier Fragen zu stellen, an meine Nichte abgegeben hätte.

Dass ich die Kinder meiner Schwester heute nicht sehe, tut weh. Was sie wohl gerade machen? Vielleicht ist man am Feiertag doch besser zu Hause? Ist man bei seiner Familie, dann passieren auch keine Unfälle.

Wieso hat es mich bis jetzt gar nicht gestört, dass ich so weit weg bin? Ich müsste schauen, wie es Mama geht. In dem Moment aber hat die Runde beschlossen, dass ich in dieser besonderen Nacht die vier Fragen stelle – weil ich die Jüngste bin.

Die Eier mit Salzwasser sind schon serviert worden. Was ist, wenn ich die vier Fragen nicht mehr weiß? Ich kann sie auf Deutsch sagen. Wieso ist diese Nacht anders als alle anderen Nächte? Wieso … oje, mir fallen sie nicht ein. Ich soll jetzt singen? Vor allen? Ich hasse meine Stimme. Wenn ich nervös werde, bricht meine Stimme.

All diese intelligenten Menschen hier werden sich gleich wundern, warum Lilly Kontakt zu so einem schüchternen, dummen Mädchen hat. Alle schauen mich an. Ich schweige. Ich bekomme kein Wort heraus. Alle schauen mich an. Was für ein Albtraum.

Tja, hast wohl gedacht, du könntest dich hier ganz frei und sicher bewegen. Mal so tun, als gehörtest du zu diesen gesunden Juden. Zu denen, die so frei sind, dass sie sich gleichgeschlechtlich und auch deutsch-jüdisch mischen.

Die Frau am Ende des Tisches erlöst mich und fängt an, Manischtana zu singen. G tt sei Dank, gleich werden alle singen. »Give her a chance«, unterbricht Paul sie. Er nickt mir aufmunternd zu.

Er glaubt an mich, aber ich kann es nicht. Ich will weg, ich würde gerne gehen. Ich bin überfordert. Endlich singen alle, und der Text fällt mir wieder ein: *Manischtana haleila ha se mikol halelot …*

Am Ende des Abends geht es um das Ersteigern des Afikumans. Ich soll den Preis festlegen. Bei uns zu Hause suchen die Kinder den Afikuman und bekommen dann Geschenke.

Ein Ersteigern kenne ich gar nicht. Soll ich den Preis in die Höhe treiben, weil das Geld für einen guten Zweck ist, oder geben sie mir das Geld, weil ich die Jüngste bin, anstatt mich zu beschenken?

Ich will kein Geld, und wenn das Ersteigern für einen guten Zweck ist, muss ich den Preis hoch ansetzen. Wenn es ein Kindergeschenk und für mich ist, dann möchte ich bescheiden sein – ich will ja kein Geld von ihnen.

Alle schauen mich an, ich schweige erneut. Was ist denn nur los? Ich kann nicht reden. Ich höre nichts. Machen mir jetzt jüdische Professoren noch mehr Angst als deutsche Professoren?

»Ten Dollar«, sage ich.

»That's way to less«, sagt der Herr am anderen Ende des Tisches.

Lilly hilft mir. »She doesn't know the game. You have to explain her the goal.« Oh, was für eine Blamage. Aus dieser Nummer komme ich heute nicht mehr raus. Ich gebe auf. Ich weiß nicht, wie viel ich für das Stück *matze* verlangen soll. Wie viel wäre denn angemessen?

Tausende von Familien versuchen heute, ihren Kindern die Geschichte von Pharao und Moses nahezubringen, die Tradition aufrechtzuerhalten, daran zu gedenken, dass das Volk Israel aus der Sklaverei in die Freiheit ging und auf diesem Weg keine Zeit blieb, um das Brot richtig zuzubereiten.

Was ist *mir* die Matze wert? Das ist doch die viel spannendere Frage. Was tust du, damit die Geschichte nicht vergessen wird? *»Di jidn sind arois gejugt ois mizraim«*, höre ich Opa sagen.

Me jugt a hin, me jugt a her
Oi, a hitz brent oif di pleizes schweir
Me tur nischt jugn alein

Men mis mit der mame sein
Tracht un tracht a ganze nacht
Ful gefresn as dus bachele stacht.

Lilly verhandelt für mich. Ein Glück, ich bin die Matze los. Die Matze hat so ein Gewicht. Ich lege sie in die Mitte des Tisches.

Meine Schwester und mein Schwager haben sich heute in Frankfurt als Pharao und weitere biblische Figuren verkleidet, um den Kindern die Geschichte zu erzählen.

Schöne Idee. Hoffentlich tragen die Kinder es weiter.

Der Abend neigt sich dem Ende zu. Lilly erzählt von meinen Interviews in New York. Die Runde ist interessiert. Ich habe wieder sicheren Boden unter mir.

Ich erzähle von den Fragen, die ich meinen Freunden in Deutschland, die der dritten Generation nach der Shoa angehören, gestellt habe. Ich spreche über die Unterschiede zu den Juden der dritten Generation hier in New York.

Es entwickelt sich doch noch ein lebhaftes Gespräch. Ich bin froh, dass jetzt alle am Tisch wissen, dass ich eine Stimme habe.

Lillys Vetter stellt sich mir als Mitarbeiter der UNO vor. Ich kann mein Interesse und meine Begeisterung nicht verbergen. Ich hatte mich bei der UNO in New York für ein Praktikum beworben und natürlich nie eine Antwort erhalten.

Lillys Vetter sagt, dass eine Büro-Aushilfe bei ihm am nächsten Dienstag gehen wird. »Haben Sie Lust? Haben Sie Interesse? Sie können sich gerne bei mir melden.« Ihm gefallen meine Forschungsprojekte.

Ich bin wieder hellwach. Ich will dorthin – zu den Vereinten Nationen. Aber IT, was soll ich in der IT-Abteilung? Egal, ich werde irgendetwas machen und mich festbeißen. Für sechs Monate ein Team unterstützen.

Ja, leider fürs Erste nur ein Praktikum. Unbezahlt. Klar, denke ich, kein Problem, ich nehme noch einen Kredit auf. Mein Kopf explodiert. Ich will nie wieder zurück.

»I am sure you are smart enough to do the job. Call me soon.« Dann ist er weg. Ich denke, raus aus dem grauen Deutschland, aus der Identitätskrise, weg von der fruchtlosen Erde.

Als ich nach Hause gehe, fällt mein Körper auseinander. Ein Schritt, rechts fällt eine Körperhälfte, ein Schritt, links fällt die andere. Bin ich jetzt gefallen? Falls ja, wieso sehe ich noch meinen Schatten, der da steht? Jeder Schritt hallt in meinem Kopf. Beim Auftreten auf dem Asphalt schmerzt mein Zahn. Mein Körper wird von elektrischem Licht durchzuckt. Rot, röter, violett. Ich sehe wieder nichts. Ach, ich will neben einem jüdischen warmen Menschen arbeiten, der mich blind versteht. Der denkt wie ich, der fühlt wie ich. Der es geschafft hat. Wieso soll ich es nicht auch schaffen? Der Umzug ist ihm schwergefallen, hat er gesagt. So viele Veränderungen. Welchem jüdischen Menschen fällt ein Umzug leicht? Ich kenne keinen. Aber – wer gibt so etwas zu in Deutschland?

Ich will nicht zurück. Ich stehe vor der Wohnung in Chelsea.

»Hi gorgeous! How was your evening?«

Emanuel steht in der Tür. Mein Mitbewohner. »Crazy evening.«

»You want to join me?«

»Yes«, sage ich, noch unsicher, ob ich jetzt allein oder zu zweit sein will.

»Tell me what happened.«

Ich muss lächeln. Emanuel ist ein so liebenswürdiger Mensch, dass ich ab und zu denke, mit einem sensiblen Schwulen die Wohnung zu teilen, ist für eine Frau das schönste Zusammenleben auf Erden.

Er schenkt einer Frau alle Aufmerksamkeiten, die ein heterosexueller Mann ganz einfach nicht schenken kann. Wenn man nach Hause kommt, macht er Tee, rückt einem die Kissen zurecht. Fragt, wie der Tag war. Alles, ohne dabei übertrieben oder aufdringlich zu wirken.

Emanuel: »Tell me what happened? Why this night was so crazy?«

Ich würde gerne sagen, dass mein Volk heute die Freiheit nach der Sklaverei in Ägypten feiert, ich aber freiwillig das emotionale Gefängnis in Deutschland wähle.

Emanuel: »Come be the princess, take the blanket. Take some tea.«

Ich fühle mich sehr wohl. Ich denke daran, dass ich ihm gestern noch erzählt habe, dass ich gerne mal bei den Vereinten Nationen hinter die Kulissen schauen würde.

»Yes, you should definitely do it. I mean, Marco is a really good looking guy but now you could also marry Ban Ki Moon!« Emanuel lacht – und dreht sich einen Joint. »You want some?«

Ich habe aufgehört, Hasch zu rauchen, als ich vierzehn war. Ich trinke keinen Alkohol, ich klaue nicht, ich rauche auch nicht mehr. Aber zu dieser Nacht passt es einfach. »Why not. It's only hash, right?«

»Sure.«

Wir hören Musik, wir reden, wir lachen, ich ziehe dreimal

tief. Ich bin völlig weg. Manu lebt einen Lebensstandard, den ich aus meiner Ehe und meiner Kindheit kenne.

Er fragt mich, ob ich etwas Geld aus meiner Ehe retten konnte.

»No«, sage ich.

»No?«, fragt er.

»Why? Because I didn't deserve it. I am young, I am healthy, I can work and it was a short marriage.«

»Oh you poor silly girl but you are such a diva. Everyday you go to the cheep Chinese manicure thinking that no one knows from our apartment to get a new colour.«

»That's not true«, sage ich und werfe ein Kissen nach ihm.

Emanuel: »And what is with all your paintings you bought from the artist. I saw you waiting to enter our building when the rest of our apartment went out. You were ashamed to buy so much stuff. You need money more than me and I am a good shopper.«

»That's not true, you didnt take something! You seem to me so intelligent.«

Er meint es ernst. »Could you have very much?«

Ich: »I think so.«

Er: »How much?«

»I don't know but enough to invite you for a nice shopping tour in New York and maybe Miami.« Ich lache und schaue auf seine neue Einkaufsbeute.

Emanuel: »Please tell me the reason why you didn't ask for a little money.«

Ich: »Because it's an honour to pay for me.«

»You are a real princess. Oh no, poor girl. Let's be silent for manicure and pedicure you could have had in your life.«

Wir legen eine Schweigeminute für vergangenen Reichtum ein.

Danach lachen wir uns schief und reden die ganze Nacht. Ich habe mich seit ewigen Zeiten nicht mehr so jung gefühlt.

Kleine und große Prinzessinnen

Meine zuckersüße schlaue Nichte steht im Badezimmer meines Freundes. Sie stellt sich auf ihre Zehenspitzen und fragt mich flüsternd: »Channale, warum ist es hier so schmutzig?«

Ich muss lächeln. Wäre sie älter, würde ich sagen: »Herzchen, hier gibt es keine Putzfrau, die Mami und Papi oder Omi und Opi bezahlen, damit wir es immer schön sauber haben.« Ich könnte auch sagen, dass nicht alle Geld für eine Putzfrau haben. Oder: »Deine Tante mag keine Häuser mehr, in denen es immer ganz sauber ist – weil damit die Freiheit verloren geht.«

Ich könnte ihr erzählen, dass sie sich vor Männern, die ihr eine Putzfrau zur Verfügung stellen, hüten muss, weil die Männer dann Dinge verlangen, zu denen man auch in blitzblanken Wohnungen keine Lust hat. Denn wenn deine Wohnung immer so sauber ist, weil dein Mann die Putzfrau bezahlt, dann fällt es vielleicht schwer zu sagen, dass man das eine oder andere gar nicht will, weil man sich so daran gewöhnt hat, dass die Küche sauber ist.

Aber vielleicht müsste ich ihr auch nur sagen: »Süße, versuche einfach, immer selbst so viel zu verdienen, dass du dir eine Putzfrau leisten kannst.« Aus irgendeinem Grund kommt selbst Putzen nicht infrage. Oma musste putzen. Yasmin soll nicht putzen.

Oder ich könnte sagen: »Bis Marco und ich uns eine Putzfrau leisten können, dauert es noch.« Stimmt aber gar nicht – ich habe eine. Erst hatte ich sie heimlich, und jetzt stehe ich dazu und bin sehr glücklich, mir eine Putzhilfe leisten zu können.

Tatsächlich sage ich zu ihr: »Yasminle, Marco arbeitet so viel, da kommt er nicht immer zum Putzen.« Dass ich für einen Mann putze, mit dem ich noch nicht mal zusammen wohne, kommt nicht in die Tüte, denke ich.

»Warum kommt deine Putzfrau nicht zu Marco?«

»Weil er findet, dass er keine braucht.«

»Channale?«

»Ja, Schatz?«

»Ich finde, er braucht sie aber sehr.«

Ich muss schmunzeln. Yasmin ist mit ihren vier Jahren das erste Mal in einem Haushalt, in dem nicht alles perfekt aussieht. Ich weiß nicht, wie ich das finden soll. Es erinnert mich an früher, an meine Kindergartenfreunde. Wir waren das einzige Haus, in das nur ab und zu eine Putzfrau kam. Und immer haben sich bei uns alle sehr wohl und frei gefühlt. Unser Haus war kein Museum, sondern ein Wohnraum.

»Channale, wieso wohnt Marco hier und du nicht?«

Ja, denke ich, du schlaues Mädchen, dir entgeht aber auch nichts – das habe ich mich im letzten Jahr auch schon öfter gefragt. »Ich habe ja auch noch eine Wohnung.«

»Aber ihr schlaft heute hier?«

»Ja«, sage ich.

»Dann ist da niemand heute bei dir im Bett in deiner Wohnung?«

»Nein«, sage ich, »heute nicht.«

»Warum wohnst du in einer Wohnung, in der du nicht schläfst?«

Stimmt, denke ich, das ist wirklich unlogisch. Soll ich ihr erklären, dass der moderne Mann denkt, es sei besser, erst einmal alleine etwas auf die Beine zu stellen, bevor er mit seiner Liebsten zusammenzieht?

Dann würde mich dieser schlaue Engel wahrscheinlich fragen, ob ich mir sicher sei, dass ich seine Liebste bin. Aber das möchte ich mir gerade nicht nehmen lassen. Ich will vor meiner Nichte nicht weinen und sagen, dass sie ja recht hat. Dass ich auch nicht weiß, wieso wir nicht zusammenwohnen. Soll ich ihr sagen, dass eine moderne emanzipierte Frau auch einmal alleine gelebt haben muss? Obwohl ich weiß, dass ein Singlehaushalt doppelt so teuer ist wie eine Wohnung mit dem Partner. Dass die kleinen Pizzen doppelt so viel kosten wie die großen. Obwohl ich weiß, dass man als emanzipierte Frau alleine im Rewe von verheirateten Männern doppelt so viele Telefonnummern zugesteckt bekommt, als wenn man mit dem Ehemann einkaufen geht. Da ist man gleich noch mal so motiviert, sich auf ewig zu binden. Ja, deine Tante, denke ich, hat viel über sich und die Männer gelernt in ihrer Einzimmerwohnung. Sie hat sich ganz in Ruhe ihren modernen Scherbenhaufen anschauen können. Yasmin drückt auf die Klospülung … und wartet darauf, dass ich etwas sage.

»Weißt du, wir haben diese beiden Wohnungen, weil wir beide viel lernen und arbeiten müssen – aber wenn es ruhiger wird, dann ziehen wir zusammen.«

»Ah ja«, sagt Yasmin, »und dann kommt deine Putzfrau in die Wohnung von euch beiden?«

»Ja, Kianele, so wird das hoffentlich sein.«

»Dann kann der Marco ja auch ein Auto mit zu eurer Wohnung bringen.«

Ich bin baff. Ich finde, Yasmin hat ein großes Verständnis für die wesentlichen Dinge.

Ein solches Verständnis hat auch eine Bekannte, die ich nach vielen Jahren in New York wiedergetroffen habe. Katia war mit mir in der Schule und ist für mich der Inbegriff eines lebensfrohen, durchsetzungsfähigen, klugen russischen Mädchens.

Sie kam als arme russische Einwanderin nach Deutschland und ist heute eine glückliche und wohlhabende junge Frau. Sie hatte über Facebook mitbekommen, dass ich in New York bin, und mich zu sich nach Hause eingeladen.

Wir hatten nie viel miteinander zu tun gehabt, uns aber immer gern gemocht. Über eine gemeinsame sehr gute Freundin, Julia, die heute erfolgreiche Anwältin in hübschen Kostümen ist, waren wir über die jeweils andere im Bilde. Katia und ich hatten uns jahrelang nicht gesehen, und ich freute mich riesig darauf, sie in meiner Lieblingsstadt zu treffen.

Katia wohnt am Rande von Manhattan. Um zu ihrer Wohnung zu gelangen, musste ich an einem Doorman vorbei und meinen Personalausweis vorzeigen, um ins Haus gelassen zu werden.

Ich durfte den Flur passieren und fuhr ins zwölfte Stockwerk zu Katias Appartement. Ich war gespannt darauf, einen Blick in ihr glückliches Leben werfen zu können, und ich freute mich, Katia in ihrer Wohnung zu besuchen. Eine Frau, die Katia zum Verwechseln ähnlich sah, öffnete die Tür. Ich wusste im ersten Augenblick nicht, wer vor mir stand.

Die Frau sah sehr gut aus, war aber deutlich älter als Katia, und für einen Moment stand ich einfach auf dem Schlauch, bis die Frau sagte: »Chalo, iech bin Mama von Katia. Katia kommt in eine Minute. Katiaaaaaaa, Katiaaaaaaa nu!«

»Sekunde«, schrie Katia aus dem Badezimmer.

Katias Mutter: »Kommen Sie, kommen Sie rein. Katia gleich kommen. Ich Sie aber nicht kennen? Sie waren Freundin von Katia in Deutschland?«

Ich: »Ja.«

Mutter: »Warum ich Sie nicht kennen? Waren aber nicht auf die gleiche Schule?«

Ich: »Nein, wir kennen uns über Julia.«

Mutter: »Ah, Julia, nette Mädchen, sehr nett. War mit nette, hübsche Junge zusammen.«

Ich: »Ja, sehr nett.«

Mutter: »Und was machen hier in Amerika?«

Ich: »Ich schreibe gerade an einem Buch.«

Mutter: »Ah, super. Und Mann?«

Ich: »Ähh, ich, also …«

Mutter: »Ist okay, wenn ich frag?«

Ich musste schmunzeln, das war ja wie bei uns – nur eben auf die russisch-jüdische Art. Ich hatte sie gleich in mein Herz geschlossen. Es gibt Frauen, die dürfen fragen. Den meisten nehme ich solche Ausfragereien übel.

Ich: »Ja, ist okay. Mein Freund ist in Frankfurt, aber er kommt auch in ein paar Wochen.«

Mutter: »Ist judisch?«

Ich dachte, das ist ja schlimmer als beim KGB. Aber hier in New York, weit weg von meinem kleinen beengten Frankfurt, konnte ich über alles lachen.

Ich: »Nein, aber trotzdem ein toller Mann.«

Mutter: »Willst du keine Jude?«

Ich: »War wohl keiner für mich dabei.« Ich lachte. »Ist nicht so, dass ich mich nicht bemüht hätte. Jetzt aber will ich die Religion nicht über mein Glück stellen. Ich fühle mich sehr gut damit.«

Mutter: »Katia hat tolle judische Mann, ehrlich. Kann dir finden vielleicht hier gute judische Mann. Dann kannst du bleiben und machst du mit Katia Baby und Arbeit. Kann man hier in New York alles haben: Mann, Baby, Arbeit. Alle glucklich, dann auch deine Mama glucklich. Bist du so nett. Musst du mit Katia reden.«

Ich musste lachen. »Nein, vielen lieben Dank, ich bin echt happy.« Obwohl ich es nicht leiden kann, wenn man mich verkuppeln will, freue ich mich immer, wenn ein geschultes Mutterauge mich mag.

Mutter: »Und was sagt Mama zu nichtjudische Freund?«

Ich: »Mama ist auch happy, weil ich happy bin.«

Mutter: »Hast du Foto von diese Mann?«

Ich: »Ist noch nicht mein Mann.«

Mutter: »Willst du nicht heiraten?«

Ich: »Ja, nein, doch, aber noch nicht jetzt.«

Warum fragen das eigentlich immer alle? Ich glaube, die wollen alle nicht alleine leiden – das ist es wohl! Besonders diejenigen, die sich beengt fühlen, sagen ständig, du bist die Nächste. Vielleicht habe ich ja ausnahmsweise mal was Besseres vor, als auf einen Mann zu warten.

Natürlich wünsche ich mir, dass es bei mir anders wird. Ich sehe auch die Möglichkeit dazu, ganz ernsthaft. Aber für achtzig Prozent der Menschen ist die Ehe doch wirklich gar kein erstrebenswerter Zustand, wenn man sich so umschaut. Ich bin wirklich froh, dass ich es einmal hinter mir habe, weil ich jetzt weiß, dass die Ehe viel mehr bedeutet, als nur einen Ring am Finger zu tragen und eine tolle Party zu schmeißen.

Ich weiß, wie es danach sein kann, daher bin ich quasi von der Torschlusspanik geheilt. Ich habe gelernt, dass ich eine gute Beziehung führen will. Ob daraus eine Ehe wird, ist momentan eher sekundär.

Gewiss lebt in jeder Frau eine kleine Prinzessin, die durch eine Hochzeit erst so richtig zum Leben erweckt wird. Die in mir lebende Prinzessin ist krank geworden, weil ich keinen richtigen Heiratsantrag bekommen habe.

Da lag sie dann sehr lange, all ihrer Naivität beraubt, in mir und flüsterte mir ständig ins Ohr: »Alle deine Freundinnen werden nach Rom oder nach Barcelona gekarrt, werden überrascht und schick zum Essen ausgeführt, und dann gibt es mit viel Tamtam eine Verlobung. Und du Lumpenprinzessin wirst noch nicht mal ordentlich gefragt.

Ich habe mit meiner Prinzessin geredet, Ehrenwort! Aber sie war einfach in ihrer Seifenblase gefangen. Ihr habt ja keine Ahnung, wie massiv Seifenblasenwände sein können.

Ich habe ihr gesagt, sie soll nicht traurig sein. Ist doch oberflächlich, die ganze Romantik. Sie hat sogar den Kommunikationsminister des Königreichs konsultiert. Er hat der Prinzessin versucht zu erklären, dass es manchmal bei Männern mit der Kommunikation hapert. Das sei nicht persönlich zu nehmen. Danach hat die Prinzessin sich zusammengenommen und so getan, als hätte der Heiratsantrag, auf den nun mal jedes Mädchen ständig wartet, überhaupt keine Bedeutung. Versteht ihr? Dazu war sie bereit. Frauen werden dieses Opfer verstehen.

Ist nur ein kleiner Tipp an die Männerwelt: Falls euch euer eheliches Sexualleben was wert ist, dann nehmt doch eure Handys, um euch daran zu erinnern, eurer Frau mal etwas Nettes zu sagen.

Ja, wisst ihr, so wie ganz am Anfang, oder so wie die tollen Männer aus den Filmen, mal eine Blume, mal ein Essen. Ich weiß, ihr denkt, es kommt doch auf die wichtigen Dinge im Leben an. Stimmt! Aber es ist für so ziemlich jede Frau, die ich kenne, existenziell wichtig, dass ihr Leben mit einer Aufmerksamkeit verschönert wird. Wenn ihr die kleinen Prinzessinnen gekonnt im Zaum haltet, dann verwandeln sie sich auch nicht zu nervigen Hyänen, die immer mehr von eurer Zeit und eurem Raum wollen.

Die tun am Anfang nur so cool, als würden sie so etwas wie Aufmerksamkeit nicht brauchen, weil ihr sonst gleich mit einem Bier zu eurem besten Freund rennt und sagt: »Hilfe! Wieso wollen die uns immer verändern, ich bin nun mal kein Märchenprinz.« Keine Sorge, die Hoffnung, dass ihr Prinzen seid, hat uns längst verlassen. Aber einmal im Monat eine Aufmerksamkeit rettet uns über den nächsten Monat.

Davon können wir dann unseren Freundinnen erzählen und unseren Müttern und so tun, als wärt ihr immer so. Gebt uns Anlass, euch idealisieren zu können, dafür bekommt ihr ab und an eure Traumfrau. Ist doch eigentlich fair.

Plötzlich steht Katia vor mir: »Channale!!! Willkommen! Schön, dass du da bist. Wie lang haben wir uns nicht gesehen?« Wir umarmen uns lange. »So, jetzt will ich aber alles wissen.«

Ich sage: »Ja, aber bei dir gibt es doch viel mehr, du hast geheiratet und bekommst ein Baby.«

»Nein, nein, du zuerst. Was machst du hier in New York? Wirst du bleiben?«

»Ich bin erst zwei Wochen da. Es gefällt mir natürlich sehr gut. Aber mein Freund ist in Frankfurt.«

»Nu, kannst du finden neuen Freund. Einen, der schon hier ist. Verstehst du?«

»Katialein, ich bin echt happy. Wirklich.«

»Hm, ist kein Jude?«

»Nein.«

»Sieht gut aus?«

»Ja, sehr.«

»Und kann zahlen?«

»Nein, aber ich habe auch was, und er ist erst auf dem Weg.«

»Oi was, willst du von Luft und Liebe leben? Bist du noch nicht erwachsen? Ich zeige dir Männer, die schon fertig sind mit Weg. Channele, sei doch nicht blöd. Ich seh doch, du willst hier sein. Komm, komm, ich zeig dir einen auf Facebook. Mein Mann hat einen Freund, der würde super zu dir passen. Verdient super. Kannst du mit ihm hin und her fliegen.«

»Nein, du musst dich nicht bemühen. Schau, hier ist ein Foto von meinem Freund.« Ich klicke in meiner Facebook-Galerie auf eins, auf dem wir beide zu sehen sind.

»Oh, là, là, Channah ist verliebt, ja?«

»Ja.«

Katias Mutter ergänzt: »Er auch, ich kann sehen das.«

Katia: »Ja, für einen Deutschen hält er dich sehr nett im Arm. Ist er keine Kartoffel? So von der Art?« Dabei klickt Katia ihrerseits auf den Freund, den sie mir schmackhaft machen will. »Nu, was sagst du? Super Typ. Echter Mann, chik chak heiratet er dich.«

»Katia, ich habe einen.«

»Nu, Chanuschka, er hat Wohnung in Manhattan mit Blick auf Central Park. Hat deiner gesagt, er heiratet? Ihr geht schon lange, wohnt noch nicht zusammen?«

Soll ich mir Sorgen machen, weil wir noch nicht zusammenwohnen? Aber es ist gut für mich, alleine zu wohnen. Zumindest versuche ich, mir das jeden Tag einzureden. Ich bin ja glücklich, also was soll der Stress?

Ich bin jetzt erst zwei Wochen hier, und wirklich jeder und jede versucht, ein jüdisches Mädchen schnellstmöglich unter die Haube zu bekommen. Wie würde Marco reagieren, wenn ihm schöne reiche Frauen vorgestellt werden, die in seiner Lieblingsstadt wohnen? Was, wenn er jüdisch wäre und so wie ich das erste Mal fühlen würde, dass »Jüdischsein« in New York ein Spaziergang ist im Gegensatz zu »Jüdischsein« in Deutschland?

New York empfinde ich so, als hätte es den Krieg für uns nicht gegeben. Selbstbewusste Juden gehören hier zum Stadtbild. Ich sehe sie mit ihrer Kippa in die Bank gehen, ich sehe sie vor Schabbat in der U-Bahn nach Brooklyn eilen, um pünktlich die Kerzen anzuzünden, ich bin in Schulen gewesen, groß wie Unis, mit eigenen Synagogen drinnen, ich bin der orthodoxen Welt meiner Großeltern nahe wie nie, werde versorgt mit Essen, mit Anerkennung, mit Headhuntern, die mir einen Job beschaffen sollen. Die jüdischen Freunde in dieser Stadt haben mich aufgenommen wie eine verlorene Schwester. Und mein Herz hört nicht auf, vor Freude zu hüpfen. So sieht Nächstenliebe für mich aus.

Aber um vollständig zu sein, bräuchte ich ihn als freien Menschen und meine Mutter, meine Schwester, ihren Mann und ihre Kinder bei mir in New York. Wie soll ich nach unseren Tragödien freiwillig eine Distanz zwischen meine Familie und mich bringen? Ich habe das Glück, dass meine Familie lebt, also will ich bei ihr sein.

Würde Marco das alles zu viel werden? Gerade ist mir die Antwort egal, ich bin so froh, dass ich keinen anderen will. Mir gibt das eine Klarheit, die ich schön finde und die mir guttut.

Nach einer Weile hört Katia auf, mich überzeugen zu wollen, und erzählt mir von ihrer Liebesheirat.

Katias Mutter kommt mit Crackern und einer Platte mit Wurst und Käse. »Ui, Mama, wie kannst du nur? Wenn mein Mann das sehen würde, würde er auf der Stelle einen Herzinfarkt bekommen. Er isst doch koscher.«

»Darf man das nicht essen?«, fragt Katias Mutter unschuldig.

»Mama, du weißt das ganz genau. Das ist doch milchig und fleischig zusammen.«

Katias Mutter: »Katia ganz andere geworden, jetzt immer aufpasst mit dem Koscher.«

Wir lachen und verbringen einen traumhaft schönen Nachmittag zu dritt.

Brooklyn

Ich fahre mit einer Freundin nach Brooklyn. Wir fragen eine fromme Frau mit einem Kinderwagen, wo die Haupteinkaufsstraße der jüdischen Gegend ist. Sie empfiehlt uns, an der Kings Highway auszusteigen und dann den Bus zu nehmen.

Wir steigen in den Bus und setzen uns in die dritte Reihe hinter den Busfahrer. In den hinteren Reihen des Busses sitzen nur Frauen. Mir fällt nichts Besonderes auf. Nach und nach füllt sich der Bus. Alle Frauen setzen sich in die hinteren Reihen. Ich will nicht hinten sein.

Eine Frau kommt zu uns und sagt: »Sorry, this seats are for men only. You have plenty of space behind.« Meine Freundin und ich sagen »thank you« aus einem Munde, stehen auf und setzen uns nach hinten. Ich fühle mich diskriminiert. Apartheid, schießt es mir durch den Kopf, auf dieser Bank dürfen keine Juden sitzen, denke ich weiter.

Vorne nehmen immer mehr Männer Platz. Ich würde gerne zu ihnen gehen und fragen, was der Grund für diese Trennung ist. Warum dürfen die Frauen nicht vorne sitzen? Ich würde einwenden, dass die Frauen die Einkäufe machen, nicht die Männer. Ich würde sagen, dass die Frauen mit den vielen Kindern und den Einkaufstüten bequemer vorne sitzen könnten.

Ich fühle mich zurückversetzt in Zeiten, in denen ich immer eingekauft, getragen und gekocht habe. Wieso hat man mir für die Einkäufe eigentlich nicht das Auto ausgeliehen? Stimmt, ich bin eine Frau, ich war nicht versichert, ich hätte etwas kaputt machen können.

Dumme Frauen dieser Erde. Man findet sie immer wieder überall. Verblendete Frauen. Können die Männer nicht neben den Frauen sitzen, weil sie sonst Gefahr laufen, unzüchtige Gedanken zu haben? Ich frage mich, ob sie angesichts der Werbung, die heute so erotisch aufgeladen ist, recht haben, sich von Frauen fernzuhalten, weil sie sonst ihren Trieben erliegen würden. Wenn es so ist, dann gibt es ja gar keine freiwillige Verbindung zur eigenen Frau, dann ist sie konstruiert oder von G tt gewollt – und welchen Wert hat sie dann noch für eine Frau?

Immerhin einen realen, einen pragmatischen Wert. Die Ehen funktionieren ja offensichtlich. Die meisten Ehen bleiben auch bestehen, weil es Kinder gibt. Komische Welt. Neben mir sitzt eine junge Frau, die betet. Ich beobachte sie, und dabei fühlt sie sich nicht wohl. Ich schaue weg. Alle sehen hier gleich aus. Die Frauen tragen ihr Haar unter einer Perücke. Die Perücken sehen alle gleich aus.

Unterschiedlich ist nur die Länge, und manchmal variiert der Blauton zwischen Blau und Dunkelblau. Die Röcke haben die gleiche Länge. Die Ballerinas haben die gleiche Form. Der Schmuck ähnelt sich. Wie Einheitsuniformen. Erkennungsmerkmale, die sie als Mitglieder einer Gruppe ausweisen. Ich fühle mich nicht wohl, das erste Mal unter eigenen Menschen fühle ich mich sehr fremd.

Wir steigen aus. Meine Freundin möchte ein bisschen

durch die Bekleidungsgeschäfte für Damen schlendern. Meine Freundin geht in einen Laden.

Ich zögere. Ich weiß, dass heute noch nicht viele Besucher in dem Laden waren. Ich weiß, dass wir anders aussehen. Ich weiß, dass dies die Hoffnung der Verkäuferin weckt, wir als Touristen hätten das Geld etwas lockerer. Ich möchte keine Hoffnung wecken.

Meine Freundin schaut hier, schaut da, begutachtet dieses und jenes. Nach einer gewissen Zeit machen wir uns wieder auf in Richtung Tür. Die Verkäuferin ist angespannt. »Beautiful clothes you have here«, sagt meine Freundin. Ich weiß, was jetzt kommt. Ich denke an meine Oma.

Die Verkäuferin schaut grimmig: »What do I have from having nice clothes if you don't buy them?«

Wir gehen aus dem Laden und entdecken ein Geschäft mit allerlei Hauswaren. Ich grinse und denke: »Hier also hast du dich versteckt, Oma.« Ich betrachte die Haarnadeln und die bunten Lockenwickler. Omas Kopf war oft voll mit bunten Lockenwicklern und Haarnadeln mit kleinen bunten Perlen. Sie ließ sie so lange in den Haaren, bis der Haushalt erledigt war. Dann ruhte sie sich kurz auf der Couch aus. Dabei sah sie aus wie eine dieser großartigen Frauen, die sich nie beklagen, sondern das Leben so nehmen, wie es ist. Schön war sie.

Ich sehe sie vor mir. Oma liegt auf der Couch und schläft. Die goldene Couch ist aus Samt. Sie ist so niedrig, dass man, wenn man einmal sitzt, nicht mehr hochkommt. Die Kissen sind so weich, dass man schon vom Hinschauen müde wird. Oma trägt ein gemustertes Blumenkleid. Die Blumen mit ihren goldenen Blättern passen zu dem Bezug der Couch. Eine Fliege landet auf Omas Stirn. Sie verscheucht sie mit der Hand. Die Fliege dreht eine Runde und landet dann auf Omas Handgelenk. Oma schlägt mit der anderen Hand nach der Fliege.

Die Wanduhr schlägt vier Uhr. Dann verfällt sie wieder in ihr Tick, Tack, Tick, Tack. Opas Uhr auf der Kommode schlägt vier Uhr. Danach schlägt die größte Uhr der Wohnung vier Uhr. Sie ist in einem Schrank angebracht. Der Schrank gleicht einem Turm. In der untersten Schublade sind immer Bonbons oder Schokolade für mich drin.

Oma: »*Chanischi?*«

Ich: »*Jo?*«

Oma: »*Me wird gaien zum gan.*«

Ich: »*Git.*« Gut, gehen wir zum Park.

Mit Oma auf den Spielplatz gehen heißt nicht spielen, sondern ihren Freundinnen »Hallo« sagen. Ich renne trotzdem vor Freude in der Wohnung hin und her. Endlich raus.

Oma: »*Sch, Channele, sei ka wilde chaie.*«

Oma erhebt sich von der Couch und geht ins Badezimmer. In dem rosa gekachelten Bad steht auf der Anrichte vor dem Spiegel das Wella Hairspray. Oma nimmt die goldene Dose, schüttelt sie und sprüht viel, sehr viel Spray in die Haare. Sie toupiert, scheitelt neu und sprüht wieder Spray auf die eindrucksvolle Frisur.

Oma: »*Me gait.*«

Wir gehen die Treppen runter. Draußen schlägt uns eine Wand aus heißer feuchter Luft entgegen. Unserem Wohnhaus gegenüber steht eine große Palme. Jedes Jahr, wenn ich in Tel Aviv zu Besuch bin, ist sie größer und schöner. Ich liebe die Palme. Sie ist ein treuer Freund. Wir biegen rechts ab. Der Spielplatz ist nur wenige Schritte von der Wohnung meiner

Großeltern entfernt. *Gan meir* heißt der Spielplatz. Es ist ein wunderschöner Platz. Der Sandkasten, die Schaukel, das Klettergerüst – und alles von exotischen Bäumen gerahmt. Überall blühen weiße, rosafarbene und rote Blumen. Es gibt einen großen Teich, eine Allee und einen Spielplatz. Im Teich schwimmen Fische und Frösche.

Oma: »*Loif nischt a soi schnel.*«

Ich verlangsame meinen Schritt. Wir lassen den Spielplatz hinter uns und gehen zu der Allee, die zur King George führt. Auf der Allee gibt es in unregelmäßigen Abständen Sitzbänke.

Zwischen drei und vier Uhr füllen sich die Bänke mit den Freundinnen meiner Oma. Alle tragen bunte Sommerkleider und große Brillen. Die meisten haben dunkelgrüne Nummern auf den Armen.

Jetzt kommen wir zu der Parkbank, auf der Omas Freundinnen sitzen. »*Schalom, Rivka*«, sagt Chava. Meine Oma schaut mich erwartungsvoll an. Ich weiß, ich soll einen Knicks machen. Ich will nicht. Oma schaut mich weiter an. Ich beuge meinen Kopf und mache einen Knicks.

Es will mir bis heute nicht in den Kopf, warum Oma und meine Tante wollten, dass ich vor Bekannten knickse. Wollten sie damit zeigen, dass sie den primitiven Zustand der Armut hinter sich gelassen hatten und wir jetzt zum Bürgertum gehörten? Aber warum musste ich dafür herhalten?

»*Oi, wus a fein maidele*«, sagt Omas Bekannte. Oma nickt zufrieden. »*A soi grois is si geworn. Scheine hur hot si, a bisle mager, hot keine zizen.*«

Gelächter. Ich schäme mich. Ich bin Omas Freundinnen nicht weiblich genug. Sehr groß für mein Alter. Ich reiche fast bis an den Kopf meiner Oma.

»Rivkele, wus het si gekont geibn, wi hot sie gekent iberkimen im lager?«

Eine Dritte: *»Oi, Franja, los up fin deim kind. Wus redst narischkeitn?«*

»Genig«, sagt Oma. *»Me geien oif King George, schalom.«*

Oma kramte in ihrer Tüte. *»Na, nem a bilkele. Mist a bisl mer esn.«* Dann sah sie mich an. *»Channele?«*

Ich: *»Jo?«*

Oma: *»Me tur nischt zeign a man deim ganzn tuches.«*

Ich: *»Ober ich zeig nimandm epes.«*

Oma: *»Wie alt bist di?«*

Ich: *»Sibn.«*

Oma: *»Ni, tut me schoin a bisl wisn. Schat nischt.«*

Ich: *»Wus sol ich wisn?«*

Oma: *»As mener toign nischt. Mener woln blois ein sach. Fargis dus nischt. A mul ken es helfn zum leibn. A mul jo. Ober me tur nischt loifn mit den jingen oif den gasn, me tur nischt meschige gain far a man. Man mis wisn, dus sei ale denken nischt mit dem kop. Sei denken anders. Halt dus in kop. Dus is dus leiben. Wen sei kenen, woln sei ale nur ein sach. Mer broichn sei nischt. Blois di sach.«*

Mitten in New York wurde mir plötzlich klar, was Oma mir sagen wollte: dass sie offensichtlich auch noch belästigt worden war, um überleben zu können.

»Brauchst du wirklich so viele Lockenwickler?«, hörte ich meine Freundin über meine Schulter fragen. »Ja, unbedingt«, sagte ich. Ich wollte mir in Manhattan auch eines dieser blumigen Nachthemden kaufen. Mit den Lockenwicklern und dem Nachthemd würde ich Oma sehr nah sein.

In Bergen-Belsen, hatte sie meiner Tante erzählt, war ein

deutscher Offizier oft in ihre Baracke gekommen. Sie sollte Kleider für sein uneheliches Kind nähen, das aus einer Affäre mit einer polnischen KZ-Aufseherin stammte.

Heute würde ich so gerne mehr wissen, wie es Oma in diesen Jahren gegangen war und wieso gerade sie ausgesucht worden war, um Kleider zu nähen. Ich denke, dass dies einer der zufälligen Glücksmomente war, der sie überleben ließ. Sie wurde gebraucht und kam dadurch an kleine zusätzliche Essensportionen.

Boston

Ein Freund nahm mich in New York mit zu einem Schabbatabend, der von den Freunden der Likud-Partei in New York veranstaltet wurde, um Israel zu unterstützen.

Ich war begeistert über den politischen Einsatz und die straffe Organisation, mit der diese Veranstaltung erfolgreich gestaltet wurde. Punkt für Punkt und mit strenger Regie wurde der Abend durchgezogen, was für jemanden wie mich sehr fremd war, die ich immer etwas mit exakten Zeitplänen hadere. Ich muss aber bekennen, dass man mit etwas Organisation viel erreichen kann. Trotzdem habe ich mich immer wieder über die Unordnung in New York gefreut, die einem überall begegnet.

Zum Beispiel bei einer Professorin, die ich besucht habe, um mit ihr über rechtsvergleichende Literatur für meine Doktorarbeit zu sprechen.

Ich ging in ihr Zimmer und war sofort erschlagen von der Atmosphäre. Überall lagen Arbeitsmappen, Bücher, Dokumente, nichts schien geordnet. Sie sagte: »Sorry for the mess.«

Ich habe noch nie so viele Bücher in einem so kleinen Zimmer gesehen. Und die Bücher sahen genauso abgenutzt und bearbeitet aus wie meine. Auf dem Schreibtisch der

Professorin standen Familienfotos. Nicht eines, nicht zwei. Mindestens zehn, und an ihrer Pinnwand hingen auch noch welche. Ich fühlte mich sofort wohl. Anscheinend schaffte sie, beiden Prioritäten, Familie und Beruf, gerecht zu werden. Mich hat das gefreut.

Ich hätte gern gesagt: »Tausend Dank, dass ich das sehen darf, herzlichen Dank für die Unordnung!« Es war alles, was ich sehen musste, um mich dem deutschen Recht wieder stellen zu können.

Ein anderes Beispiel für Unordnung sind die Straßenverhältnisse in New York. Oder die Straßenbeleuchtung, wenn man von New York nach Boston fährt. An den Masten hängen meist zwei Leuchten, aber es kommt vor, dass eine gar nicht leuchtet oder nur eine angebracht ist. Sie sind auch nicht in immer gleichen Abständen angeordnet.

Rund um New York befinden sich Industriegebiete oder auch Sümpfe. Die Fabriken, ihr Müll, ihre Gebäude wirken sehr unordentlich. Als Marco und ich bei einem Ausflug im Bus an einem dieser Gebiete vorbeifahren, glaube ich, die Umgebung zu mir sprechen zu hören.

Die einarmige Leuchte schwenkt ihren massigen Körper im Wind und lädt mich ein, mich in ihr buntes Durcheinander einzureihen. Sie sagt: »Komm, komm zu uns, hier gibt es Platz für einarmige, nicht effektive, ungeordnete Lebensformen.« Ich lausche. Dann sagt sie: »Wir lieben dein Chaos, wir lieben deine arhythmischen Tagesabläufe, hier darfst du jeden Tag Unterschiedliches leisten, mal ganz viel, mal weniger. Hauptsache, du bist ein Teil von uns.«

Ich schaue zu Marco. Er schläft. Schläft zur richtigen Zeit und ist zur richtigen Zeit wach. Wenn wir in Boston sind, wird er topfit sein, und ich werde todmüde sein, weil ich wie eine Oma um fünf Uhr morgens hellwach war und unserem Ausflugsziel glücklich entgegengefiebert habe.

Er schläft und lehnt sich nicht an mich an. Ich blicke auf das dramatische Pärchen, das seit zwei Stunden verschlungen neben uns kuschelt.

Mitleidig sehen sie zu mir rüber. Ich bilde mir ein, dass sie die körperliche Distanz zwischen uns nicht verstehen können. Ich könnte sagen: Ich finde es auch blöd.

Marcos Kopf hüpft im Rhythmus des Busses hin und her. Ich mache mir Sorgen, dass ihm später der Nacken schmerzen wird. Ich würde seinen Kopf gerne nehmen und auf meine Schulter legen. Ich traue mich nicht, ich mag keine übergriffigen Handlungen. Ohne seinen Willen wären sie nichts wert.

Ich wäre gerne für seinen müden Kopf da. Ich bin traurig, weil er sich nicht anlehnt. Das bin ich – über so was kann ich sehr traurig werden. An so was erinnere ich mich auch ein Leben lang.

Ich könnte jetzt eine Doktorarbeit über die Kopf-Schulter-Beziehung schreiben. Ich könnte bis in die Kindheit hinein alle Momente bewerten, in denen ich gebraucht werden wollte und nicht gebraucht wurde.

Ich frage mich, ob ich mich einmal entscheiden kann. Warum die Menschen, die sich anlehnen, mich erdrücken und der Mann, der sich nicht anlehnt, mir kalt vorkommt.

Ich will aber, dass er sich anlehnt. Das Ablehnen der Anlehnung wird für mich zum Problem. Ich interpretiere es, analysiere es, bewerte es. Wieso ist er in dieser Situation der harte Deutsche und ich die emotionale Jüdin? Ich bin die mit dem

Sandwich für ihren Freund in der Tasche. Wieso kann nicht jemand mal ein Sandwich für mich machen?

Meine Freundin sagt, das liegt daran, dass ich die Männer am Anfang so verwöhne, und dann wird es mir zu viel, und dann schieße ich sie in den Wind.

Vielleicht hat sie recht, aber wenn ich kein Essen mache und mich nicht so benehme, wie ich bin, beschneide ich mich selbst.

Zu meiner Verteidigung muss ich jetzt sagen, dass mich schon am Morgen eine Situation verunsichert hatte.

Marco war bedacht darauf, pünktlich zu unserem Bus nach Boston zu kommen, und hatte den Wecker früh gestellt. Abends hatte er gesagt: »Süße, das wird anstrengend morgen. Wir müssen echt früh raus. Schlaf schön.« Wir mussten nämlich erst mit der U-Bahn nach Chinatown, von wo aus dann der Bus nach Boston fuhr.

Als ich aufwachte, sprang ich schnell unter die Dusche. Ich hörte Stimmen im Flur. Als ich rauskam, stand in der WG-Küche mein neuer Zimmernachbar Emanuel aus Paris, der vor drei Tagen eingezogen war. Ich fand ihn vom ersten Moment an sehr nett. Seine goldene Bettwäsche, sein Akzent und sein Verhalten erinnerten mich an die guten Zeiten meiner vorherigen Beziehung und an meine ehemalige Schwiegermutter, die aus Frankreich stammte.

Irgendwie war es schön, ihr in Form der goldenen Pariser Bettwäsche zu begegnen.

Ich dachte kurz an Paris, und mich überkam eine Melancholie. Marco unterhielt sich mit Emanuel – und einer kleinen très petit, très jolie, très sexy Französin, einer Freundin von Emanuel.

Nennen wir sie Lulu oder Lola oder vielleicht auch Lila, aber ein hintenraus lang gezogenes Lilaaa. »Ah bon, nice to mit you.«

Sie sah sehr stylish aus, die schwarzen Leggings, ihr zerfranstes Shirt und ihr Blazer betonten ihre zarte Silhouette. Ihr roter Lippenstift war verschmiert, und ihre linke Hand hatte sie lasziv an die Taille gelegt. Ohne Last, ohne Druck, ganz zart wie eine Elfe. In ihrer Rechten hielt sie eine Weinflasche. Die Weinflasche wirkte dick neben ihr. Wahrscheinlich wirkte auch ich dick neben ihr.

Bevor ich verstand, was diese süße kleine Gestalt von sich gab, störte mich schon die säuselnde Art, mit der sie meinem Freund irgendwas erzählte.

»Hi, I am Channah! Very nice to meet you. We are a little bit in a hurry because we have to catch our bus to Boston.«

Emanuel: »Sorry, Channah, I hope we weren't too loud.«

Lola: »Noo, Emanuel, we weren't too loud. I slept all night long like a baby.«

Emanuel: »Lola is searching for someone who knows lawyers.«

Lola: »Qui qui, Emanuel told me your boyfriend is a lawyer.«

Alarmstufe Rot, dachte ich und sagte: »You can email us. We talk after the weekend, okay?«

Emanuel: »Sure.«

Ich ging ins Zimmer, zog mich schnell um und machte mich fertig. Um 7.30 Uhr mussten wir spätestens los. Marco unterhielt sich weiter. Es war 7.20 Uhr. Ich ärgerte mich. Wieso musste er ausgerechnet jetzt bei der kleinen Zicke seine soziale Ader entdecken? 7.25 Uhr kam Marco ins Zimmer, und ich fragte etwas erhitzt: »Vielleicht soll ich euch noch einen Tee machen?«

Marco: »Hm? Was ist denn? Ich wollte nur nicht unhöflich

sein. Er hat uns doch auch den Kontakt seiner Schwester wegen dem LLM gegeben. Du wohnst doch mit ihm. Hätte ich beide ignorieren sollen?«

Nein, denke ich, eigentlich nur sie. Man kann es ja auch kurz und höflich machen. Wenn man einer Frau Aufmerksamkeit schenkt, fühlt sie sich geehrt. In meiner Vorstellung hat man in einer Beziehung dem anderen Geschlecht immer »gentlemanmäßig« zu verstehen zu geben, dass es nicht den geringsten Raum für eine andere Person gibt. Vor allem nicht für eine mit verschmierten Lippen und Wein in der Hand. Wieso können Männer das Glotzen nicht kultivieren? Mann muss doch nicht immer vom Scheitel bis zur Sohle abchecken – macht das doch, wenn wir nicht dabei sind.

Wenn ich mit Marco unterwegs bin und mich ein Mann anschaut, dann rücke ich näher an meinen Freund, um zu symbolisieren, dass kein Blatt zwischen uns passt.

Nein, ich finde mich nicht übermäßig eifersüchtig. Alle die, die keine Grenzen überschreiten, alle die, die mich in die Konversation mit einbeziehen, alle die, die auch mal ein Hallo an die Freundin rauskriegen, mag ich eigentlich sehr gerne um uns herum.

Manchmal ist die Welt eben verdreht, manchmal wird man als eifersüchtig abgetan, obwohl eine vermeintlich platonische Freundin ständig den eigenen Freund anfassen oder sich zwischen mich und den Freund setzen muss, oder immer anfängt mit: »Weißt du noch, als wir das und das erlebt haben.« Ja, manchmal muss man halt Biestern Einhalt gebieten. Das hat weniger mit Konkurrenz als mit Verteidigung des Territoriums zu tun. Der Partner ist dabei völlig sekundär und auch austauschbar. Dabei geht es mehr um Respekt unter Frauen.

Ich: »Nein, aber wir sind jetzt doch schon spät, und normalerweise achtest du auf die Zeit. Du schienst mir nur etwas abgelenkt zu sein.«

Marco: »Ach Quatsch, auf so einen Mist gehe ich jetzt gar nicht ein.«

Jetzt tut es mir leid, dass ich unsere Reise so starte. Aber welchen Grund hat er denn, zu spät zu kommen? Kann mir auch keiner erzählen, dass einen das nicht stört, wenn der Freund sich einer anderen widmet.

Wir packen unsere Sachen fertig und gehen noch mal an Emanuels Zimmer vorbei, bevor wir die Wohnungstür erreichen. Lola steckt den Kopf aus Emanuels Tür: »Bring me something from Boston! Think of me, a present, gift, anything. Bon journey!«

Ich muss lachen. Diese Franzosen. Marco muss auch lachen. Ich mache ihren Akzent nach: »Briiiing meee a giiifte, a preeeseeent. Au revoir, mon amour. Tsss, tsss, so was Freches.« Ich bin froh, die Stimmung ist gelockert.

Marco ist dann im Bus irgendwann aufgewacht. Kurz darauf qualmte es direkt neben mir aus dem Schlauch, der zur Klimaanlage führte. Ich roch irgendeine chemische Mischung und wurde nervös.

Ich machte Marco darauf aufmerksam, der darin kein Problem sah. Ich wurde unruhig. Es qualmte heftig. Ich sagte: »Ich gehe nach vorne zum Busfahrer.« Das in sich verschlungene Pärchen neben uns löste sich aus seinem Knoten.

Das Mädchen sagte sehr lieb zu mir: »Don't worry, this is the air condition. I drive the bus every weekend. It is normal, trust me.«

Ich: »Thank you very much but it smells like gas.«

Das Mädchen: »Oh! Now I am smelling it too, now that's not usual.«

Marco: »Süße, nicht überall kommt gleich Gas raus.«

Es qualmte immer noch. Nun ging ich doch nach vorne zum Busfahrer und dachte, die Leute bleiben also nicht nur in Deutschland sitzen und tun so, als wäre nichts.

Ich versuchte, den Busfahrer, der mit seinen Goldketten original so aussah wie Mr T. vom A-Team, höflich und ruhig anzusprechen: »Sorry for disturbing you, Mister. I think we have a little problem behind. There is smoke coming from the air condition box.«

Der Busfahrer: »I am driving!«

Ich: »Yes, sorry, but the smoke is getting worse.«

Der Busfahrer: »Honey, you better go back, have a seat and lean back till we are in Boston.«

Ich: »Sir, I would not say something if there were nothing.«

Der Busfahrer: »Lady!«

Hinter mich trat eine selbstbewusste junge Frau mit Nickelbrille und Kurzhaarfrisur, die sehr intellektuell wirkte. Bestimmt studiert sie in Harvard, dachte ich.

Die Harvard-Frau räusperte sich: »Sir, I don't want to go in the bus if you don't check what's going on. Sorry, but it doesn't smell very healthy.«

Zwei Frauen, die vorne saßen, regten sich fürchterlich über die Unterbrechung auf.

Der Busfahrer: »As you want.« Zu schnell, wütend und mit knirschenden Reifen fuhr er auf den Seitenstreifen. Er sagte über das Mikro, dass etwas nicht stimmte. Entweder wir hielten es noch zehn Minuten bis Boston aus, oder er müsse jemanden kommen lassen, und das dauere länger.

Man entschied sich für die Weiterfahrt.

Drei Wochen später sagte mir meine Ansprechpartnerin in New York, dass die Busse aus Chinatown nicht sicher seien. Zwei Menschen seien in ihnen umgekommen, weil der Fahrer so übermüdet war.

Als ich das Marco erzählte, meinte er: »Süße, das war gar nicht der Bus von Chinatown nach Boston. In dem sind wir nach Washington gefahren. Nach Boston sind wir mit Bold Bus, also mit einer richtig guten Busgesellschaft gefahren.«

Stimmt, ich hatte das verwechselt. Vorsicht ist anscheinend in jedem Bus geboten.

Skype

Bevor ich nach New York flog, installierte Marco das Programm auf unseren Computern. Wir probierten es in verschiedenen Zimmern in seiner Wohnung aus. Ich saß in der Küche und er in seinem Zimmer. Als ich endlich sein Bild auf dem Bildschirm sah, wusste ich einmal mehr, dass ich kein moderner Mensch bin.

Während Marco sich unbeschränkt über den Fortschritt der Technik freuen konnte, saß ich dem verlogenen Skype feindlich gegenüber. Viele meiner Freunde sagten mir, ach komm, drei Monate Distanz übersteht man locker. Heute ist das mit Skype doch wirklich gar kein Thema. Was soll denn das heißen, dachte ich. Diese blöde Kamera wird mich in den nächsten Wochen ersetzen, sie wird eine Kopie von mir auf den Bildschirm projizieren, und Marco wird durch sie vollkommen gesättigt sein. Was für ein Betrug, was für eine Täuschung.

Marcos Augen schauten mich liebevoll durch die Kamera an. Angeschaut werden fällt so schwer. Jetzt muss ich mich ja immer hübsch machen, bevor ich mit ihm rede. Wie anstrengend. Durch die Kamera kann er mich in Ruhe beobachten und mich aus der Fassung bringen. Sein Wimpernkranz stach mir ins Auge. Ich sah den milchig weißen Punkt in seiner

Pupille, der das Licht reflektiert. Es blinkte. Ich malte innerlich einen glitzernden Wassertropfen in sein Auge. Mit seinem Headset und dem Mikro und vor dem dunklen rotbraunen Hintergrund sah Marco so aus, als würde er aus einem Bunker berichten.

Meine Stimme verzagte. Ich spürte den Kloß in meinem Hals. So würde das also werden in den nächsten Wochen. Er wird schauen, und ich werde dem standhalten müssen. Obwohl ich nicht weiß, was er sieht, werde ich in die Kamera blicken müssen. Die Sehnsucht packte mich mit voller Wucht, und ich starrte heulend in die Kamera. Das Bild war einfach zu viel. Großartig, dachte ich. Mann, bist du eine Dramaqueen. Ich wurde wütend auf Skype. »Ich will dich nicht sehen«, schrie ich in die Kamera. Marco kam aus dem Schlafzimmer und umarmte mich.

»Schon gut, wir können die Kamera auch ausmachen.« Er streichelte mir über den Kopf, und ich schämte mich. Ich würde meine Emotionalität so gerne reduzieren.

Eine Freundin

Eine sehr enge Freundin ist eine nichtjüdische Deutsche. Sie ist unglaublich hell im Kopf, witzig, charmant und herzlich. Sie redet auch tagsüber öfter mit ihren Eltern, und während ihres Studiums aß sie täglich bei ihrem Vater und ihrer Mutter. Das machte sie mir vertraut.

Das machte sie für mich zu einem wertvollen Menschen. Das machte sie für mich respektvoll und klug. Für mich ist es klug, wenn man fühlt, dass es in bestimmten Situationen nur auf die Familie ankommt. Meine Freundin ist mir in vielen Situationen meines Lebens liebevoll zur Seite gestanden. In gewisser Weise hat sie mich oft herausgefordert, ein normales Leben zu führen. Während meiner Studienzeiten hat sie mich manchmal aus meinen chaotischen Familienverhältnissen herausgeholt, mit mir gelernt oder einfach nur gequatscht.

Sie war für mich immer die glückliche Studentin, die unbeschwert jung und frei sein durfte. Während ich bereits eine Ehe führte, kochte, mich freiwillig und gerne an den Herd band und meine Familie mich immer wieder brauchte, konnte sie in Ruhe studieren. Wenn sie mich mit ihrem Auto abholte, mich mit zur Uni nahm, war für mich die Welt einen Moment lang normal und ein wirklich freundlicher Ort.

Sie war da, als ich mich scheiden ließ, sie war da, um mich bei meinem Examen zu motivieren, und ihre Eltern unterstützten mich bei der Suche eines Homöopathen. Stundenlang hörte sie sich meine Probleme an. Sie war die Sonne in meinem Jurastudium. Corinna war ein vollwertiges Mitglied der »Juragesellschaft« der Uni. Dadurch, dass sie dazugehörte und ich außen vor war, gab mir die Verbundenheit zu ihr zumindest manchmal das Gefühl, auch eine normale Studentin zu sein. Oft rief ich sie an, wenn es etwas Wichtiges aus meinem Leben zu erzählen gab.

Trotz dieser starken Verbundenheit versuchte ich immer zu vermeiden, mit ihr über den Holocaust oder über Israel zu reden. Wir sind deshalb einige Male leicht aneinandergeraten, und ich musste mich beherrschen, nicht ausfallend zu werden. Ich wollte ganz einfach nicht klischeehaft reagieren. Ich wollte die wenigen neutralen, für mich so gesunden Gebiete unserer Freundschaft unbelastet lassen. Ich wollte unsere Vertrautheit und unsere Harmonie nicht riskieren.

Wir hatten uns etwas länger nicht gesehen und uns abends auf einen Tee getroffen. Sie fragte, ob ich Lust hätte, mit ihr gemeinsam ihren Weihnachtsbaum zu schmücken. Wir hatten das auch letztes Jahr gemacht.

Christliche Rituale um mich zu haben, ist für mich ziemlich schwer. Aber ich glaube, dass gegenseitige Anteilnahme an solchen Riten Verbindungen schafft, die zu einer echten Vertrauensbasis führen.

Das Schmücken des Baums im letzten Jahr hatte die Freundschaft gestärkt und war familiär gewesen. Ich sagte also für dieses Jahr erneut zu, weil ich mich geehrt fühle, ihr Heim mit ihr zu schmücken. Eigentlich wollte ich, gerade im Hinblick auf den Weihnachtsbaum, gar nicht über mein Buchprojekt sprechen. Ich wollte nicht ins Schwanken geraten.

Sie kam jedoch ziemlich schnell auf mein Vorhaben zu sprechen, denn ich hatte ihr ja erzählt, dass ich für drei Monate nach New York fliegen würde. Ich wollte mich irgendwie noch ein bisschen vor dem Gespräch drücken, aber dafür war es zu spät.

Corinna: »Also, erzähl doch mal, was du da vorhast!«

Ich: »Ist nichts Großes, ich schreib ein bisschen was über meine Großeltern und interviewe ein paar Leute.«

Corinna: »Worüber?«

Ich: »Über die Folgen des Holocausts.«

Corinna: »Find ich gut, dass du dich damit auseinandersetzt und darüber schreibst. Vielleicht ist das Schreiben ja voll dein Ding. Dann schreibst du auch was über die Konzentrationslager?«

Stille in mir. Aber die Erde drehte sich weiter. Ich hätte jetzt gerne geschwiegen. Ich wollte nicht weiterreden, ich wollte nicht hören, was sie in ihrer Unbefangenheit zu dem Thema sagen würde.

Mein Magen krampfte. Bin ich jetzt hypersensibel? Ich sah meine Freundin plötzlich von der anderen Seite, sah die Grenze zwischen uns. Vor mir sitzt eine hochintelligente Rechtsanwältin, quasi Deutschlands Bildungselite, die für den Rechtsstaat steht. Wieso konnte ich ihre Distanz zum Thema nicht akzeptieren?

Corinna: »Bist so ruhig, was'n los?«

Ich: »Nee, nee, nichts, alles gut, erzähl mal von dir.«

Corinna: »Nein, ich bin doch neugierig, was willst du schreiben?«

Ich: »Über das Verhältnis zwischen Juden und Deutschen.«

Trara, dachte ich, die Bühne ist eröffnet.

Ihr Arbeitsplatz ist in der Nähe der Synagoge. »Die Kollegen wundern sich immer, warum die sich alle an bestimmten Tagen so auftakeln. Wenn man dann über die Straße geht, ist da eine richtige Duftwolke, weil die Frauen alle so parfümiert sind.«

Mir gefiel dieser Kommentar nicht. Ich fragte mich, ob ich zu viel in ihn hineininterpretiere. Ich sah meine Freundin an. Sie freute sich herzlich für mich wegen des New-York-Projektes. Sie war ernsthaft interessiert. Was störte mich nur so?

Wieso fühlte ich mich ihr gegenüber jetzt so fremd? In so vielen Situationen war und ist sie meine enge Vertraute. Ich dachte daran, wie froh Corinnas Kollegen sein könnten, dass in ihrer Mitte – im Herzen des Westends – schon fünfundsechzig Jahre nach dem Genozid wieder jüdisches Leben blüht. Ja, mag sein, dass ich melancholisch bin. Kann sein, dass ich mich über jeden Juden, den ich irgendwo auf der Welt entdecke, freue. Ob alt, ob jung, ob fromm oder weltlich, ich freue mich.

Wenn ich einen Juden sehe, dann hüpft mein Herz, weil ich dann weiß: Hitlers Mission ist nicht gelungen. Es stimmt, dass wir uns für die Synagoge so rausputzen wie zu einer Modenschau. Ich selbst mag diesen Kleiderdruck auch nicht. Und ja, die Kleider fallen auf. Und ja, viele benutzen viel Parfüm. Na und? Was interessiert euch das so?

Wieso kann nicht jeder einfach sein, wie er will. Ich mag keine Bewertungen aufgrund von Äußerlichkeiten. Ich habe dabei immer das Gefühl, dass die Leute, die so reden, neidisch sind. Wenn man andere Bevölkerungsgruppen – zum Beispiel den typischen Bad Homburger – anschaut, sieht man auch immer einen Einheitstypen, den gelackten Polohemdträger.

Ich weiß den genauen Wortlaut unseres Gesprächs nicht mehr, aber sie meinte dann irgendwann, es sei schrecklich, was damals passiert sei. Sie versuchte, sich den Mord an so vielen Juden zu erklären. Ihr schien der Volksneid ein möglicher Grund zu sein. Das jüdische Denken sei anders. Vielleicht habe das den Neid geweckt. Ihr Freund lese gerade ein Buch über die Familie Rothschild. Darin stehe auch, dass diese jüdische Familie nie etwas miete. Man müsse Eigentum erwerben, um voranzukommen, da das Geld für Miete verloren sei.

Ich dachte daran, wie ich Marco zu überzeugen versucht hatte, mit unserem ersten Gehalt etwas zu kaufen. Meine Welt, die jüdische Welt, bemüht sich um Nachhaltigkeit. Steine und Häuser überdauern wirtschaftliche Krisen.

Dann sprachen wir über die heute noch vorherrschende Abgrenzung von Mitgliedern der jüdischen Gemeinde gegenüber Deutschen. Corinna sagte, dass die Leute aus meiner Gemeinde und meinem Freundeskreis ihr gegenüber nicht besonders offen seien. Ich weiß, dass sie recht hat. Ich kritisiere es selbst oft. Ich will ein Gegenbeispiel finden. Ich will der dritten Generation auf deutscher Seite immer zeigen, dass wir differenzieren können. Dass diese Nachkriegsgeneration gar nichts für die Verbrechen kann. Manchmal weiß ich nicht, wen ich überzeugen will – mich, weil mir Vertrauen so schwerfällt, oder sie, weil ich sie von jeglicher Schuld freisprechen möchte.

Mir fiel mein ältester Freund ein, der Corinna als eine der wenigen Deutschen akzeptierte. »Denk an David. Er ist immer so nett zu dir, oder?«

Sie überlegte. »Ja, er kann immerhin Hallo zu mir sagen.«

Ich wusste, dass das stimmte, mehr kam auch von ihm nicht. Ich sagte in Gedanken: »Ja, das ist schon viel.«

Sie sah mich fassungslos an. »Ja, aber das kann doch nicht dein Ernst sein. Ich kann gar nichts für irgendetwas.«

Ich: »Nein, natürlich nicht. Ganz und gar nicht, ich weiß.«

Natürlich nicht, dachte ich. Aber wir können auch nichts dafür, dass unsere Großeltern gehetzt und getötet wurden und wir bestimmte Narben in uns tragen. Es ist doch irgendwie logisch, dass man sich nach so einer Ausrottung nicht unbedingt die Enkelkinder eines potenziellen Mörders als Freunde der eigenen Enkel wünscht. Du lieber Himmel, dachte ich, wann werden Leute denn endlich verstehen, dass eine Ausgrenzung dieser Art eine eigene Zeitspanne für das Verzeihen braucht. Die KZs waren nicht integrativ, verdammt noch mal, sondern haben uns gezeigt, dass man sich nur auf die eigenen Leute verlassen kann.

Ich sagte: »Die Abkapselung kam in erster Linie durch das Getto und die KZs. Meine Großeltern waren danach nicht in der Lage, sich zu integrieren.«

Ich wusste, welche Frage jetzt kommt.

Sie: »Ich stelle es mir sehr schwer vor, nach solchen Erfahrungen in Deutschland zu leben. Ich meine es nicht böse, aber warum sind sie denn dann hiergeblieben?«

Diese Frage ist – bei all der Traurigkeit, der Wut und dem Hass, den wir in uns tragen – selbstverständlich berechtigt. Gleichzeitig kann man aber leicht nachvollziehen, warum viele nicht fortgegangen sind. Sie mussten erst mal zu Kräften kommen. Sie hatten Hunger, Verluste und oft schwerste Verletzungen hinter sich. Viele hatten ganz einfach nicht mehr die Kraft, sich neu zu orientieren.

Ganz abgesehen davon: Woher sollten sie Geld für eine Auswanderung zusammenbekommen? Meine Oma ging in ihrem verheerenden Zustand nach dem Krieg mit einer Organisation nach Schweden. Nach all den Strapazen, ohne Geld, mit ihrem geschlagenen, giftverspritzten Körper fuhr sie mit den Frauen, mit denen sie eine Pritsche geteilt hatte, nach Schweden, um ein neues Leben aufzubauen. Sie wollte Deutschland den Rücken kehren, wollte mit diesem Land nichts mehr zu tun haben. Zwei Jahre arbeitete sie als Putzfrau Tag und Nacht. Dann erfuhr sie, dass eine ihrer Schwestern überlebt hatte und in Deutschland lebte.

Sie fuhr sofort nach Deutschland, um ihre Schwester zu sehen. Ein paar jüdische Überlebende stellten Oma meinen Opa vor. Wie ich aus den Berichten der Gedenkstädte Bergen-Belsen erfahren konnte, haben die meisten Überlebenden in den Displaced Person Camps unmittelbar nach Kriegsende einen anderen Überlebenden geheiratet. Nicht meine Oma. Sie fuhr zunächst zurück nach Schweden. Sie fürchtete, da man ihr Sterilisationsspritzen injiziert hatte, keine Kinder zu bekommen. Sie musste erst dafür sorgen, medizinisch behandelt zu werden.

Ich finde das bemerkenswert. Sie hat sich nicht an den Erstbesten geklammert und geheiratet. Sie hat sich Zeit genommen. Ich hätte bestimmt sofort danach geheiratet, ich hätte das Alleinsein nicht ertragen.

Marco kam an diesem Abend spät von seiner wöchentlichen Skatrunde zurück. Wir hatten vereinbart, dass er anruft, um mir zu sagen, ob er bei sich oder bei mir schlafen würde. Um Mitternacht hatte ich noch nichts von ihm gehört. Daher schickte ich ihm eine SMS: »Liebling, einfach den Abend genießen und deiner Süßen Gute Nacht sagen, ist doch nicht so schwer … Kuss.« Unmittelbar danach hatte ich ein schlechtes Gewissen, ihm mit meiner SMS auf den Keks zu gehen.

Zwei Minuten später schloss er die Tür auf und kam rein. Ich war beruhigt. Er war gekommen. Ich habe mich stark gebessert. So eine Situation hätte mich vor zwei Jahren vollkommen aus der Ruhe gebracht. Ich hätte ihm Vorwürfe gemacht, warum er sich nicht pünktlich bei mir gemeldet hatte.

Er hätte es so ausgelegt, dass ich ihn nur kontrollieren oder mehr Zeit von ihm beanspruchen wollte, dabei hatte ich mir echt Sorgen gemacht. Ich bin auf Zeiten fixiert, ich muss mich darauf verlassen können, dass vereinbarte Termine eingehalten werden. Sonst denke ich, dass irgendetwas ganz Schreckliches passiert ist. Bei mir im Kopf spielt sich ein Film ab, Marco könnte gestürzt, ohnmächtig geworden sein und irgendwo hilflos liegen. Ich bin bei dem kleinsten Indiz darauf gefasst, dass meine Welt, so wie sie eben noch bestanden hat, für immer verloren sein könnte.

Marco zieht sich aus und schaut erst jetzt auf sein Handy. Ich lehne mich über mein Hochbett zu ihm runter und sage: »Die kannst du löschen, ich wusste ja nicht, dass du noch kommst.« Er lacht. Eigentlich kommt er immer. Schon seit Tagen, Wochen, Monaten, Jahren, und langsam vertraue ich, dass er mir nicht genommen wird, dass er nicht vorhat zu gehen.

Marco legt sich zu mir ins Bett, und ich merke, dass ich mich entspanne. Wie schön es zu zweit ist. Ich will den Moment festhalten. Ich will nicht mehr alleine schlafen. Ich denke an meine Mama, die schon so lange alleine schläft. Mir wird es schwer ums Herz. Ich erzähle ihm, dass ich mit meiner

Freundin ein ausführliches Gespräch über mein Buchprojekt hatte und ich mich dabei nicht richtig wohlgefühlt hatte.

Während ich das schreibe, sitze ich in der Deutschen Bibliothek in Frankfurt am Main. Marco ist gerade auch in die Bibliothek gekommen und hat sich zwei Reihen vor mich hingesetzt. Er sieht mich nicht. Mittlerweile nehme ich das nicht mehr persönlich. Er ist auf seinen Text konzentriert. Er beobachtet seine Umwelt nicht so aufmerksam wie ich. Ich sehe ihn immer, wenn er irgendwo erscheint, ich spüre seinen Gang und weiß, dass er es ist.

Ich weiß nicht, woher ich diese Beobachtungsgabe habe, ich war nicht in Auschwitz, ich musste nicht ständig auf der Hut sein, geschlagen oder erschossen zu werden. Trotzdem muss ich mich alle paar Minuten versichern, wie die U-Bahn, der Raum in der Bibliothek oder die Straße aussieht. Ich kann mich nicht so gut wie Marco konzentrieren.

Ich beobachte ihn. Von ihm geht eine angenehme Ruhe aus. Ihm gegenüber sitzt ein hübsches Mädchen. Er beachtet sie nicht. Eine kleine Sexbombe geht mit schwingenden Hüften durch den Raum. Ich schaffe es, den Blick auf meinem Desktop zu lassen. Ich kontrolliere seinen Blick nicht. Ich kann ihm vertrauen.

Dann denke ich: Hätte ich den Mut gehabt, mich gegen das Naziregime aufzulehnen? Ich kann und muss das G tt sei Dank nicht beantworten. Doch eines weiß ich gewiss. Ich bin nicht befehlshörig, ich habe ein Gehirn zum Denken, ich erkenne unrechtmäßige Bereicherung, und kein Führer und kein Machtsystem der Welt könnten mir so einen Brainwash verabreichen, dass ich inhumane Handlungen nicht als solche ansähe, weil das System einen Menschen, der vorher mein

Geliebter, mein Nachbar, mein Freund, mein Arzt oder mein Apotheker war, in einen Untermenschen verwandelt und mich zum Teil der Herrenrasse erklärt.

Ich habe gar nicht so sehr ein Problem mit dem Bösen, das in jedem Menschen steckt. Ich habe ein Problem mit der Verleugnung der Wahrheit. Ganz ehrlich, ich würde einiges leichter verstehen, wenn viele sagen würden, wir haben mitgemacht, weil es uns Chancen eröffnet hat. Berufliche Chancen, private Chancen – schlichte Machtabsicherung, um ein besseres Leben zu führen. Damit das möglich war, musste irgendwo etwas weggenommen werden.

Zurück zu der Frage meiner Freundin, warum sie denn geblieben sind. Ich hätte sagen sollen, sie sind gar nicht geblieben. Sie sind jedes Jahr umgezogen, sie haben keine Ruhe mehr gefunden.

Viele wollten gehen und hatten weder Geld noch Kraft, eine neue Sprache zu lernen. Ist es nicht logisch, dass man, nachdem man vertrieben, gehetzt und enteignet wurde, nicht unbedingt den Willen und die Stärke aufbringt fortzugehen? Meine Oma lernte also meinen Opa in Deutschland kennen, und weil sie das gleiche Schicksal teilten und auch aus der gleichen Gegend stammten, fanden sie zueinander. Mehr brauchte es nicht. Oma machte zur Bedingung, dass sie in Schweden lebten, und Opa willigte ein. Das schwedische Konsulat wollte Opa als mittellosen Mann nicht einreisen lassen. Oma verbrachte achtundvierzig Stunden vor der Botschaft und redete unaufhörlich auf die Beamten ein, bis sie nachgaben. In einem kleinen Städtchen nahe Stockholm, in Boros, ließen sie sich nieder.

Opa arbeitete in einer Schlachterei, und Oma ging putzen.

Die erste Wohnung, an die Mama sich erinnern kann, war gleichzeitig das Zuhause von vielen Ratten. Eine brüchige alte Holztreppe mit Freiraum zwischen den einzelnen Stufen führte zu ihrer kleinen Wohnung.

Opa war das Leben in Schweden bald leid, er wollte etwas erreichen, ein eigenes Geschäft führen und ein Haus kaufen. Er überredete Oma, mit ihm nach Deutschland zu fahren, weil er dort mehr verdienen und dann von Verwandten ein Geschäft erwerben könne.

Oma wollte nicht zurück. Angesichts der möglichen Zukunft für ihre beiden Töchter willigte sie dennoch ein. So kamen sie zurück nach Deutschland und konnten sich ziemlich rasch ein eigenes Geschäft leisten. Nachdem sie etwas Geld beisammenhatten, wollten sie nach Kanada auswandern, weil es dorthin den einzigen Überlebenden von Opas Seite verschlagen hatte. Seinen Bruder Jiddel. Opa arrangierte alles, ein Container wurde auf den Weg gebracht, meine damals sechzehnjährige Mama und ihre achtzehnjährige Schwester wurden auf der Highschool angemeldet.

Als es zwischen den Frauen der Familie zum Streit kam, wurde es wohl unmöglich, in Kanada zu bleiben. Es ist mir nicht gelungen herauszufinden, was der wirkliche Grund für die Rückkehr nach Deutschland war. Enttäuscht hierüber waren jedoch alle Familienmitglieder.

Opa kehrte als Erster wieder zurück. Mama und ihre Schwester Rachel beendeten das Schuljahr und folgten Opa und Oma dann wieder nach Deutschland, wo er eine Kneipe kaufte. So zerschlugen sich Lebensträume und Lebensziele …

Die Ruhelosigkeit meiner Großeltern lässt sich an der Zahl ihrer Umzüge festmachen. Allein innerhalb von Deutschland sind sie, glaube ich, zehnmal und zwischen Israel und Frankfurt sechsmal umgezogen.

Wer könnte behaupten, dass Israel ein sicherer Ort zum Leben ist? Ich habe immer noch ein schlechtes Gewissen, nicht dort zu leben und meinen Teil dazu beizutragen, dass der jüdische Staat geschützt wird. Ich bin zu wenig patriotisch oder zu sehr geschwächt, um immer noch der Jude auf dem Koffer zu sein.

Ich würde es auch nicht ertragen, meine Kinder in einer Militäruniform zu sehen und zwei Jahre lang zu zittern, ob sie am nächsten Tag noch leben. Oft hätte ich diese Kraft gerne.

Sosehr ich Israel liebe, ich will einfach nicht täglich Angst haben. Im Land bin ich eigentlich nie ängstlich, aber es ist und bleibt ein Pulverfass, unsere Nachbarn erkennen uns nicht an, und immer kann irgendetwas passieren.

Allen Freunden und Bekannten, die in Israel wohnen und sich dem täglichen Kampf und der Kritik stellen, fühle ich mich besonders verbunden.

Ein Freund

Ein guter Freund ruft mich an: »Channele, was machst du?«

Ich: »Ich mache gerade Hamantaschen für Purim.«

Der Freund: »Für mich?«

Ich: »Nein, für meinen Freund!«

Er: »Sag mal, willst du, dass ich einen Herzinfarkt bekomme? Was kann ein Deutscher mit Hamantaschen anfangen?«

Ich: »Viel, er wird sie lieben, er mag Mohn.«

Er: »Hast du ihm gesagt, wofür sie stehen? Hast du ihm gesagt, dass wir Purim feiern, weil jemand uns ausrotten wollte?«

Ich: »Bist du jetzt fertig mit deiner Belehrung?«

Er: »Wie viel backst du?«

Ich: »Keine Ahnung. Vielleicht vierzig Stück.«

Er: »Mach sechs Millionen, vielleicht kapiert er es dann.«

Ich schlucke, dann lege ich auf.

Ich warte. Er ruft nicht an. Ich rufe nicht an. Ich will loyal zu meinem Freund sein. Schade, denke ich. Ich würde die Freundschaft gerne erhalten.

Eine Woche später gehe ich mit diesem Freund Mittagessen. Wir sind um eins verabredet. Eine Minute nach eins ruft er an und schreit ins Telefon: »Sag mal, wo bleibst du denn? Ich bin schon längst da.«

Ich: »Ich bin schon vor der Tür.«

Er: »Lüg doch nicht, ich stehe genau vor der Tür.«

Ich: »Dreh dich mal um.«

Er nimmt sein Handy vom Ohr, lächelt und kommt auf mich zu. Würde ich dieses Gespräch bei anderen mitbekommen, würde ich sagen, die spinnt doch, sich so anschreien zu lassen.

Ich weiß aber: Wenn ich ihn brauche, ist er da. Wenn ich nachts um drei irgendwo stünde und nicht wüsste, wohin, könnte ich ihn anrufen. Er wäre in zwei Minuten da. Als ich einen Job brauchte, hab ich ihn angerufen und hatte zwei Wochen später einen. Soll er doch schreien, wenn das seine Art ist. Soll er schreien.

Ich: »Hast du Lust auf Pizza oder auf Salat?«

Er: »Pizza ist gut. Ich habe jetzt eine Freundin, ich muss nicht mehr auf die Linie achten.« Wir holen uns Pizza und setzen uns an einen freien Tisch.

Er: »Und wie?«

Ich: »Gut, danke. Bei dir?«

Er: »Bestens, hab sie getroffen. Haben uns gut verstanden. Feine Kale. Nee, ehrlich – sie ist toll. Sehr natürlich. Schminkt sich nicht und sieht umwerfend aus. Sehr süß. Mal schauen. Wenn es gut läuft, ziehe ich zu ihr nach England.«

Ich: »Wow, das scheint dir ernst zu sein! Freut mich sehr.«

Er: »Und du, was mache ich mit dir?«

Ich: »Kannst du mal aufhören, mich zu behandeln, als sei ich ein Problemfall?«

Er: »Wärst du kein Problemfall, würdest du freitags nicht mit mir in die Synagoge gehen, sondern mit deinem Freund Schabbat feiern.«

Ich: »Wir beide waren zweimal zusammen in der Synagoge. Ansonsten habe ich kein Problem, allein zu gehen.«

Er: »War er schon mal mit?«

Ich: »Natürlich. Übrigens hat er einen Namen.«

Er: »Und würde er wieder gehen?«

Ich: »Ja, würde er, aber er ist nun mal nicht jüdisch. Was soll er da, wieso soll ich ihm so was aufoktroyieren?«

Er: »Weil er zu deinem Leben gehört, und Schabbat gehört zu dir.«

Ich: »Ich werde niemanden zu einer völlig fremden Handlung bewegen. Außerdem arbeitet er freitags ziemlich lang.«

Er: »Und deine Kinder? Sie werden überhaupt nicht wissen, wohin sie gehören, wenn ihr sie nicht aus einer Hand erzieht.«

Ich: »Hör mal, für mich zählt in erster Linie der Mensch. Das andere wird sich finden.«

Der Freund: »Du bist eine Träumerin. Dann werden sie mit seinen Eltern unter dem Weihnachtsbaum sitzen!«

Ich: »Ich werde das nicht verbieten.«

Mir wird etwas mulmig. Ich sehe mich und mein Kind im Auto auf der Autobahn vor der Ausfahrt. Ich kehre um, so wie Mama umgekehrt ist, so wie Hunderte vor mir umgekehrt sind. Ich sehe die, die sich assimiliert haben und trotzdem in Viehwaggons gelandet sind.

Irgendwo im Dunkeln sehe ich Marcos Augen und fasse wieder Vertrauen.

Er: »Und wie wohl wirst du dich dann fühlen? Wie sehr wirst du angekommen sein, wenn deine Kinder in die Kirche gehen?«

Ich: »Sie werden nicht in die Kirche gehen. Einmal im Jahr werde ich Weihnachten aushalten können.«

Er: »Schön, ganz schön. Sag mal, wie hältst du das aus? Ernsthaft? Wie verkraftest du, dass seine Großeltern Teil des Regimes waren. Wie wirst du das deinen Kindern erklären?«

Ich: »Ich bin müde davon, die Welt nur aus diesem Holocaustblickwinkel zu sehen. Ich will weitergehen.«

Er: »Du hast aufgegeben. Nur weil es mit einem jüdischen Mann nicht geklappt hat, denkst du, es könnte mit keinem anderen klappen.«

Ich: »Ja, vielleicht eine gute These. Meine Neurosen passen besser zu den deutschen Neurosen. Die haben auch welche, wusstest du das schon? Viele können sich nicht lieben, wenn sie nicht genug leisten. Der Urlaub muss verdient sein, Freizeit muss verdient sein, alles. Ich bin mit jemandem glücklich, wieso soll ich weitersuchen. Ich finde das unlogisch. Ich habe alles, was ich will.«

Er: »Jetzt, Channah, jetzt, aber was ist, wenn Kinder kommen? Wenn du ihn brauchst? Wird er zahlen? Ernsthaft, weiß er, dass du gerne zum Friseur gehst? Stellt er sich auf dich ein? Wird er deine Mutter chauffieren? Er kennt es doch nicht von zu Hause. Sie sind anders. Gut, sei, mit wem du willst. Aber ich kenne niemanden, dem die Großeltern so wichtig sind wie dir, dem das ganze Thema so nah geht. Wie kann es dann gesund sein, mit einem Deutschen zusammen zu sein?«

Tapfer sage ich: »Für mich passt es, so wie es ist. Ich kann mit ihm reisen, ich kann mit ihm reden, ich kann die sein, die ich will. Lass uns über was anderes reden, ja?«

Er: »Gut, was hast du vor in den nächsten Monaten?«

Ich: »Die Doktorarbeit. Nebenbei habe ich angefangen, Enkelkinder von Holocaustüberlebenden zu interviewen.«

Er: »Warum?«

Ich: »Weil es mir wichtig ist.«

Er: »Was ist dir wichtig?«

Ich: »Aufzuzeigen, wie sehr wir mit unserer Familiengeschichte verbunden sind.«

Er: »Das ist doch alles nicht gesund, was du machst. Das ist nicht konsequent.«

Ich: »Wie bitte?« Seine Reaktion trifft mich unerwartet.

Er: »Channah, das ist so, als …«

Ich: »Was?«

Er: »Als würde eine Vegetarierin in einer Metzgerei arbeiten. Wie kannst du dich so intensiv mit deiner Familiengeschichte beschäftigen und dann mit einem Deutschen ins Bett gehen? Das ist abartig.«

Mir schießen Tränen der Wut in die Augen. »Mein Horizont ist weiter. Das ist meine Art, damit umzugehen. Wieso musst du …«

Er: »Weinst du?«

Ich schmeiße ihm meine Serviette an die Stirn. »Nein«, schreie ich. »Ich freue mich. Ich bin voller Freude.«

Er: »Tut mir leid, bitte hör auf, ich kann niemanden weinen sehen. Oh G tt, ich wollte dich nicht verletzen. Ich kann es nur nicht verstehen. Schon gut. Oje, ich sag nichts mehr, versprochen!«

Er hat sein Versprechen gehalten. Er ist ein unglaublich guter Freund.

Unser Thema

Kurz nachdem ich aus New York zurückkam, saßen eines Abends einige Referendare, Kumpels von Marcos WG-Mitbewohnern, im Garten meines Freundes. Man kennt sich flüchtig und macht etwas Small Talk.

Wenn es in der Clique einen Anführer gäbe, dann wäre es der, der am größten ist und ein Polohemd trägt – und der mich fragte, wie es denn in New York war. Ich fing an zu schwärmen: Man hat mit den verschiedensten Menschen zu tun, mit Farbigen, Chinesen, Juden. Ja, vielleicht hat es eine Rolle gespielt, dass ich mich so wohlgefühlt habe, weil dort sehr viele Juden wohnen. Es war schön, mit so vielen unterschiedlichen Menschen an einem Ort zu sein.

»Ja, aber Frankfurt behandelt seine Juden auch nicht schlecht, oder?«, grinste er mich fragend an. Nein, böse meinte er das wirklich nicht, das ist mir völlig klar. Er ist absolut liberal im Denken.

Aber richtig kapiert hat er das Problem offensichtlich nicht. Einen gleichwertigen Bürger muss man nicht »behandeln«. Wenn ich schaue, wie man die Juden nach dem Krieg behandelt hat, also nein, gut würde ich das nicht nennen.

Alles, was sie sich aufgebaut haben, war eigene Anstrengung, eigene Leistung. »Behandeln« ist für mich hierarchisch. Wenn einer den anderen behandeln muss, hat derjenige, der behandelt, einen Wissensvorsprung, und der, der behandelt wird, steht in einem Abhängigkeitsverhältnis. Nein, so will ich nicht betrachtet werden, als eine, die einer Behandlung bedarf.

Seid nicht ihr es, die allesamt auf die Couch müsstet? Still, denke ich.

Ich schwieg also, aber nicht, weil ich feige bin. Ich kann mich mittlerweile verteidigen. Ich schwieg, weil mir die Herzlichkeit der Amerikaner noch schmerzlich fehlte und weil es für jeden nur eine abgezählte Wurst gab.

Als wir uns dann an den Tisch setzten und über unseren Besuch in Washington sprachen, fragte einer der Referendare, ob wir uns auch das Holocaust-Museum in Washington angeschaut hätten. »Ja«, sagte ich. Ich bin dann immer gespannt, was kommt.

»Stimmt es, dass jedem Besucher dort eine KZ-Nummer in die Hand gedrückt wird? Freunde von mir waren da und meinten, es wäre so was von hart.«

Ich: »Ja, jeder bekommt eine Kurzgeschichte eines Verfolgten.«

Darauf der Referendar: »Nein, nein, das wäre mir echt zu heftig.« Ich konnte ihn gut verstehen. Sehr gut.

Andererseits dachte ich: Wie heftig würdest du es empfinden, wenn die wichtigsten Menschen deines Lebens verfolgt worden wären, wenn ihr Leid immer da wäre, wenn es aus dir selbst einen anderen Menschen gemacht hätte, einen misstrauischen, vorsichtigen, komplizierten Menschen? Ich konnte diesen Referendar mehr als gut verstehen. Aber ich hatte nicht die Wahl zu sagen, es sei mir zu heftig. Die Geschichte ist bei uns zu Hause überall präsent. Wieso eigentlich sind nicht viele Deutsche wahnsinnig geworden, nachdem sie gesehen hatten, was passiert war?

Ich habe von keiner deutschen Oma oder Opa gehört, dass er mal in der Klapse war, weil er Angst vor sich selbst und seinen Mitmenschen bekommen hat. Es geht doch gar nicht um Deutsche gegen Juden, sondern um Mensch gegen Mensch. Das Opfer ist doch austauschbar. Wieso ist die Angst auf der anderen Seite nicht greifbar? Unsere Großeltern haben Angstzustände, müssen Tabletten nehmen, und kurz vor dem Tod meint jeder, der es erlebt hat, noch mal im KZ zu sein.

Mir ist bisher nur ein deutscher Nichtjude begegnet, der eine Identitätskrise wegen seiner Großeltern hatte. Ich glaube, die Reaktion meiner Altersgenossen ist so zu erklären, dass viele das Ausmaß der Verbrechen nicht kennen. Als wir in meiner – eher linksorientierten – Schule das Thema durchnahmen und der Fokus auf das Leid der Juden gerichtet wurde, erzählten einige, dass auch ihre Großeltern hungern mussten und es nicht leicht hatten. Das ist wahr. Das verdient einen eigenen Raum und eine eigene Andacht. Ich habe nur das Gefühl, dass einige denken, es war halt Krieg, und da ging es jedem irgendwie auf irgendeine Weise schlecht.

Als wir das Thema durchnahmen, meckerten einige Schüler, dass wir das alles bereits wiederholt durchgenommen hätten und jetzt einmal Schluss sein müsste. Ich denke, die Schüler waren überfordert mit der Schuld, die plötzlich alle beschäftigte, und mit ihren Gefühlen. Zwei sehr enge Schulfreundinnen von mir, die nichtjüdisch sind, beschäftigten sich dann auch außerhalb des Unterrichts intensiv mit dem Thema. Ich war ihnen dafür so dankbar, dass ich alles tat, um sie in meine Welt zu integrieren. Ich hatte das Gefühl, dass ihnen die Auseinandersetzung irgendwie gutgetan hat und ihnen der Umgang mit jüdischen Leuten danach sehr viel leichter gefallen ist.

Ich bin immer wieder erstaunt, dass so viele meinen, dass ihre Großeltern mit dem Unrechtsregime nichts am Hut hatten. Die meisten meiner nichtjüdischen Freunde haben ihre Großeltern nie gefragt, was sie während des Kriegs gemacht haben. Mich erstaunt das nicht so sehr, weil meine Großeltern Betroffene waren, sondern weil die Freunde einfach gar nicht wissen, wer ihre Großeltern sind, was sie erlebt haben und wie sie sich nach dem Krieg umstellen mussten. Was sie beschäftigt hat.

Sie haben oft keinen Bezug zu den prägendsten Ereignissen der Großeltern. Ich gehe davon aus, dass der Krieg für jede Art Psyche belastend ist. Ich frage mich, ob meinen Freunden der in jedem Menschen innewohnende abscheuliche Abgrund bewusst ist. Nein, es waren keine anderen Menschen, die Deutschen während des Kriegs. Sie waren Menschen wie du und ich. Sie gingen zur Arbeit, hatten Familie.

Die Unverbundenheit zu den Großeltern ist mir oft schleierhaft. Ich denke, dass der glücklich ist, der mit seinem Ursprung in Verbindung steht. Ich habe Schwierigkeiten, zu akzeptieren, wie man so unverbunden durch die Welt gehen kann.

Erst jetzt, da ich mich intensiv mit diesem Thema auseinandersetze, fällt mir auf, dass ich das Unrechtsregime der Nazis oft als Maßstab für gewisse Dinge nehme. Mag ich einen Menschen besonders gerne und finde ihn oder sie loyal und fair, kommt es vor, dass ich, wenn ich ihn meiner Schwester beschreibe, sage: »Weißt du, er hätte geholfen.« Oder: »Er hätte uns versteckt.«

Umgekehrt kommt es vor, dass ich einen besonders sorgfältigen deutschen Beamten, der unfreundlich auf seinen Öffnungszeiten beharrt, obwohl man schon drei Stunden innerhalb der angegebenen Zeit in der Warteschlange gesessen hat und die Letzte für heute ist, meiner Schwester so beschreibe: »Das ist einer, der nach dem Motto lebt« oder »Befehl ist Befehl« oder »Der hat sein Hirn an der Tür der Behörde abgegeben« und »Der hätte damals alles mitgemacht«.

Jetzt kann man mir natürlich vorwerfen, dass zwischen dem Einhalten von Verwaltungsvorschriften und dem Mord an Menschen Welten liegen. Klar, mag sein, aber blinde Befehlshörigkeit ist der erste Schritt zu einem möglichen Verbrechen.

Eichmann war ja auch »nur« ein ordentlicher Schreibtischtäter.

Ich glaube, mein Unterbewusstes arbeitet viel mit den Kategorien Mitläufer, Anführer, Verräter oder Freund. So habe ich zum Beispiel Marcos engen Freund und besonnenen WG-Mitbewohner von Anfang an als Freund eingestuft. In vielen, ganz unterschiedlichen Situationen ist mir aufgefallen, dass er zum Denken und nicht zum Gehorchen erzogen wurde (das klingt jetzt anmaßend, trotzdem überrascht es mich). Er stellt auch manchmal Dinge, die ich pauschalisiere, infrage. Irgendwie hat er für mich die richtige Mischung von Respekt vor der Vergangenheit und kritischem Blick für meine oft zu emotionale Sichtweise. Von ihm kann ich andere Perspektiven annehmen oder zumindest durchdenken.

Eine der ersten Begegnungen mit Marcos Freunden fand im Metropolis-Kino statt. Wir wollten uns einen Kinofilm anschauen. Die Auswahl war zufällig auf »Stauffenberg« gefallen. Mir war nicht wohl dabei, einen Film über das Naziregime mit vier deutschen (nichtjüdischen) Männern anzuschauen. Aber es wäre abweisend gewesen, wenn ich gesagt hätte, dass mir das nicht recht wäre. Ich hätte das selbst übertrieben gefunden.

Ich fühlte mich sehr klein, wackelig auf den Beinen und unsicher. Ich wusste damals wie heute, dass die vier keine in meinen Augen falschen politischen Ansichten haben. Es ging mehr darum, dass ein blöder Witz fallen könnte – und dass sie einfach nicht vorbelastet waren. Das machte einen gewaltigen Unterschied für mich.

Ich war das erste Mal ganz alleine in fremdem Terrain und dann gleich mit so einer schweren Kost konfrontiert. Ein Freund von Marco stellte sich mir als Graf Stauffenberg vor. Ich zitterte bereits leicht, als ich ihm die Hand gab. Marcos Mitbewohner sagte nur: »Schlechter Scherz.«

So eine kleine Beschützerhandlung bedeutet mir unheimlich viel. In mir hat sich nun mal eingraviert, dass Deutsche eher wegschauen als dazwischengehen, wenn Unrecht passiert. Auch wenn heute nichts mehr so ist wie vor sechzig Jahren, würdige ich jeden Akt von Loyalität ganz besonders.

Umso schwerer hat es Marco oft, wenn ich meine Loyalitätsansprüche wieder so hoch hänge, dass sie nicht mehr verständlich sind.

Nach dem Film gingen wir noch etwas trinken. Ich wollte überhaupt nicht über das Gesehene reden. Vielleicht waren mir Marcos Freunde einfach noch nicht vertraut genug. Der vermeintliche Graf musste dann auch gleich fragen, wie es mir als Jüdin mit dem Film ergangen sei.

Eigentlich bin ich ja auch sehr für Offenheit und Gespräche, aber mir gefiel die forsche Art nicht. Ich sagte, ich fände es gut, dass Stauffenberg als Held gezeigt würde. Zweifellos sei seine Tat heldenhaft gewesen. Für die Juden in den Konzentrationslagern sei sie nicht besonders hilfreich gewesen. Ich gab zu, nicht genug Hintergrundinformationen über Stauffenberg zu haben, aber das Kooperieren mit den Alliierten könnte die wesentliche Triebfeder seines Handelns gewesen sein und nicht die Rettung der Juden.

Ich fühlte mich nicht gut, als ich das sagte. Ich habe den deutschen Helden kleingemacht.

Rosch Hashana 5772

Die Sprache der Opfer ist genauso mächtig wie die Sprache der Täter.

Ich sitze am Computer und schreibe. Mama ist in der Küche und bereitet das Fleisch für heute Abend vor. Der Computer hat einen Kurzschluss. Der Bildschirm ist schwarz. »Mami«, rufe ich in die Küche. »Geht der Computer öfters aus?«

»Wieso?«

»Er ist einfach ausgegangen.«

»Komisch, hast du die Stecker kontrolliert?«

»Ja, habe ich.«

Mama steht vor dem Sicherungskasten. »Der Schalter lässt sich nicht umstellen.«

»Wie?«

»Ja, er bleibt nicht oben wie sonst.«

Mama: »Verflixt. Geht denn das Licht?«

Ich schalte es ein. »Nein! Es geht auch nicht.«

»Oje.« Mama steht am Herd. Der Herd funktioniert auch nicht. Die Arbeiter oben im vierten Stockwerk. Vielleicht haben sie eine Leitung getroffen.

»Ich gehe den Hausmeister fragen.«

»Mach ich schon, Mami.«

»Da, wo die Kätzchen sitzen«, sagt Mama. »Da wohnt er.«

Kätzchen, anscheinend hat Mama nichts gegen die Katzen. Ich eile die paar Stufen hinab zur Haustür. Ich klingle beim Hausmeister. Neben der Tür sitzt seine schwarze Katze. Sie schaut mir direkt in die Augen. Sie will zu mir, damit ich sie streichle, und sich um mein Bein winden.

»Ksss«, mache ich, damit sie mir nicht nahe kommt. Unheimliche Tiere. Sie schleicht sich davon, die Augen auf mich gerichtet.

Wahrscheinlich ist Herr Pempel längst aus dem Haus. Ich will schon wieder gehen, als er die Tür öffnet. Er ist noch im Pyjama. Er gähnt.

»Oh, entschuldigen Sie bitte, ich wollte Sie nicht wecken. Ich kann auch etwas später wiederkommen.«

»Nee, lassen's gut sein. Was gibts denn?«

»In der Wohnung meiner Mutter ist der Strom ausgefallen. Der Schalter im Sicherungskasten streikt.«

»Ja, da müssen Sie mal die Stecker rein- und raustun.«

»Welchen Stecker?«

Er schnaubt: »Na, alle!«

»Und dann?«

»Und dann und dann«, äfft er mich nach, »dann schauen Sie halt, welches Gerät den Geist aufgegeben hat!«

Ich verkrampfe etwas. »Entschuldigung, ich versteh es nicht ganz, was hat das mit den Steckern zu tun?«

Herr Pempel wird lauter: »Sie haben mich nicht verstanden? Dann haben Sieeee mir nicht zugehört! Sie müssen alles ausmachen.« Er schreit: »Den Herd, die Spülmaschine, das Radiioooo!«

Seine Stimme schmerzt in meinen Ohren. Nichts raubt mir

den Respekt vor meinem Gegenüber so schnell wie unnötiges Lautwerden. Vor meinem inneren Auge zerfällt Herr Pempel zu Asche. Bevor er Staub wird, muckt der Staub noch einmal auf.

Ich hasse es, wenn man mir eine Information zu verweigern versucht, ich hasse es, wenn ich etwas von jemandem brauche und die- oder derjenige bemüht ist, mir meine fehlende Kenntnis und meine Abhängigkeit vor Augen zu führen. Wie klein er sich fühlen muss, sich so aufzuplustern.

»Ja«, sage ich und bemühe mich, ruhig zu bleiben. »Wir haben ja schon ein bisschen was ausprobiert. Haben Sie vielleicht einen Elektriker bei der Hausverwaltung?«

Er verdreht die Augen. »Was soll'n der machen?« Herr Pempel reckt seine Nase in die Höhe und lacht: »Der kann ja auch net riechen, wo's hackt.«

Widerlich, diese Sprache. Mich durchzuckt es. Ich funkle ihn feindselig an. Heute nicht, denke ich. Heute ist Rosch Haschana, heute lasse ich mich nicht anschreien.

»Danke, Herr Pempel, für Ihre freundliche Hilfsbereitschaft. Ich wünsche Ihnen einen angenehmen Tag.«

Regelmäßig kotzt es mich an, wie er meiner Mutter vorschreibt, dass sie mit mehr Vorsicht die Tür zu öffnen hat. Meine teure Mutter, der die Jahrhundertangst in den Knochen steckt, beschenkt Herrn Pempel regelmäßig mit Wein oder Sonstigem, wie ein Jude im Mittelalter, der Angst hat, nach Einbruch der Dunkelheit nicht mehr die Stadttore passieren zu dürfen, und der deswegen der Stadtwache einen extra Taler opfern muss.

Ich würde meine Mutter gerne in einem jüdischen Haus wissen. Wärst du nur hier, Papa.

»Wo wollen Sie denn hin? Ich hab ja gesagt, wie's geht, ich komm gucken, wenn es net klappt.«

Jetzt ist er enttäuscht, dass er mich nicht weiter nerven kann. Er will gebraucht werden.

»Wiedersehen«, sage ich.

»Und?«, fragt Mama mich in der Tür. Ich rausche an ihr vorbei. »Scheiß-Pempel«, sage ich, »er ist unfreundlich.« Ich bin wütend. »So ein plattes Mundwerk. Er bellt die Worte in die Welt wie ein Deutscher Schäferhund.«

Ich schaue auf meinen Arm. Meine Haare stehen zu Berge. »Ich möchte nicht, dass er reinkommt, Mama. Er hat in deinem Haus nichts zu suchen.«

Hätte ich einen Zauberstab, würde ich Mamas Wohnung besser absichern. Ich fühle mich unwohl bei dem Gedanken, dass dieser Mensch neben meiner Mutter wohnt. In diesem Moment weiß ich, dass ich künftig in der Stadt meiner Familie leben will.

Ich ziehe alle Stecker einzeln raus und schaue, ob der FI-Schalter oben bleibt. Tut er aber nicht. Toll, das können wir brauchen, dass die Küche an Rosch Haschana ausfällt. Ich rufe die Auskunft an.

Mama sagt: »Die Mainova hat vielleicht Notelektriker.«

Ich denke kurz, dass das bestimmt zu teuer wird, und frage auch noch nach normalen Elektrikern, während Mama ihren Standardelektriker anruft. »Ja, hallo, Herr Pastor, Trzebiner hier. Sagen Sie, bei mir ist der Strom ausgefallen oder die Sicherung irgendwie rausgeflogen. Wir haben heute hohe Feiertage. Können Sie mir jemanden vorbeischicken?«

Mich regt es auf, dass Mama die Feiertage erwähnt. Für Herrn Pastor oder Herrn Pempel sind sie irrelevant. Das klingt wieder so hilflos. Ich bin heute nicht hilflos, ich bin voller Wut.

»Geht heut net, alle sin unterwegs.«

»Dann soll er eine Vertretung schicken«, fahre ich dazwischen.

»Vielleicht haben Sie eine Vertretung?«, fragt Mama.

»Hammer net«, höre ich die zweite Schäferhundstimme aus dem Telefon.

So freundlich, denke ich. Stammkunden sind heute auch nichts mehr wert.

Ich ziehe alle Stecker raus. Es klingelt an der Tür. Herr Pempel steht in der Tür. »Ham Se's versucht?«

»Ja, danke«, sage ich, »wir suchen jetzt einen Elektriker.«

»Und was soll der machen? Sie ham mir net zugehört. Sie müssen …«, Herr Pempel erhebt seine Stimme.

»Sie müssen … Sie müssen zuhören!« Mein Kopf rauscht: »Sie müssen befolgen! Sie müssen verstehen! Sie müssen …«

Eindeutig zu viele Befehle. Ich koche. Ich bin im Zwiespalt. Ich möchte diese primitive Person in der Luft zerreißen, aber ich will Mama, die weiterhin neben ihm wohnen wird, nicht in Schwierigkeiten bringen.

»Das kann man auch in einem anderen Ton sagen, Herr Pempel!«, sage ich bestimmt.

»Was'n für'n Ton. Ich hab halt so'n Ton. Ich bin en rauer Typ. Ich säusel net so rum wie …« Er hält inne.

Wie Sie, denke ich, sprichs doch aus, feiger Hund, denke ich.

»Dann gehen Sie halt zum Hausverwalter, zu Ihrem Herrn Edelstein und erzählen dem von meinem Ton. Ich«, Herr Pempel ist mittlerweile dunkelrot vor Wut, »ich verbeug mich net vor dem werten Herrn Edelstein.«

Ich wusste es. Er ist nur gekommen aus Angst, dass ich ihn anschwärze. Manche ändern sich nie. Ich war doch wirklich höflich. Aber schon regt sich mein schlechtes Gewissen. Dieser arme Mann verdient wahrscheinlich nicht viel … und ich, verdiene ich viel? Ich kann nichts dafür, dass ich aus einem bürgerlichen Elternhaus komme. Wieso soll ich mich jetzt schlecht fühlen?

»Wir denunzieren nicht«, sage ich mit fester Stimme. »Darum geht es mir nicht.«

Klassisch, denke ich, so klassisch.

»Gehn Sie doch zu ihm. Ich bin net mehr zuständig für …« Herr Pempel überlegt. Sein Zuständigkeitsbereich ist ihm wohl entfallen. »Ich halt hier nur noch Ordnung, mehr muss ich net machen.«

Viele Rückblenden von Schwarz-Weiß-Filmen wirbeln durch meinen Kopf. Mein Leben lang habe ich mich immer geschämt, wenn ich Dienstleistungen in Anspruch genommen habe. Ich fühle mich auch oft schlecht, wenn mir ein Kellner oder eine Kellnerin etwas bringt, weil das etwas Sklavisches hat. Heute nicht. Heute bin ich stolz, die verwöhnte jüdische Tochter zu sein, die einen Elektriker braucht, der den Schaden behebt. Ich muss das primitive Gequatsche nicht verstehen. Nicht immer. Ich muss auch nicht nett sein, wenn man mich beleidigt. Ich muss nicht gehorchen.

Ich habe dennoch Angst, dass Mama sich für mein Auftreten schämt, dass sie Herrn Pempel harmonisch stimmen möchte.

»Ja«, sage ich, »ich weiß nicht, worüber wir diskutieren. Wir besorgen uns jetzt einen Elektriker, und Sie sind nicht zuständig. Alles gut, Herr Pempel.«

Ich schiebe ihn aus der Wohnung. Ich brauche keine Menschen in den eigenen vier Räumen, die mich anschreien. So weit kommt es noch.

»Wenn Se es so wollen.«

»Ja«, sage ich, »so …«

»Also, ich hab es ihr genau erklärt, die hat mich net verstanden«, sagt er zu Mama.

Mama: »Doch, hat sie, aber sie wollte nicht in diesem Ton angewiesen werden.«

Ein warmer Mantel umhüllt mich. Endlich geht Herr Pempel.

Mama hat mir den Rücken gedeckt. Das erste Mal vor anderen Leuten. Offen und laut, mit einer klaren und deutlichen Stimme.

»Tut mir leid, Mama, aber das ging zu weit. Man muss sich nicht alles gefallen lassen. Ich hoffe, es war nicht zu frech.«

»Nein, alles gut. Du hast wahrscheinlich absolut recht.«

Ich bin happy. Mama hat mich nicht – wie sonst in den letzten dreißig Jahren – gebremst, weil sie Angst hat, schlecht dazustehen. Sie hat mich sogar verteidigt. Ja, unsere Emanzipation ist eben noch in Entwicklung. Wir machen es ganz gut, denke ich.

Ich gehe zum Telefon. Ich erreiche keinen normalen Elektriker. Nur die Mainova-Elektriker haben Zeit.

Ein freundlicher Mitarbeiter fragt mich, ob ich schon festgestellt hätte, an welchem Gerät der Stromausfall liegen könnte.

Schritt für Schritt erklärt er mir, welche Schalter ich betätigen soll, und plötzlich wird es hell.

Mama lacht. Ich lache. Wie schön es ist, bei ihr zu Hause zu sein.

Ein Umzug

Ich frage mich, ob Herr Grass eine Ahnung hat, von welcher Schuld und von welchen Dimensionen er spricht, wenn er sagt: Das ist die Schuld, die bleiben wird. Ich habe eher das Gefühl, das mag sein persönliches Empfinden sein, dass die ungeheure Dimension mit größerem zeitlichen Abstand immer größer wird, dass das Unfassbare und Undefinierbare an Auschwitz, um es mal auf diesen Begriff zu bringen, mit zeitlichem Abstand wächst, auch als Hypothek und als Last – was mit den herkömmlichen Begriffen wie Schuld und Sühne nicht zu decken ist. Es bleibt als offene Wunde.

Was genau bleibt eigentlich als Wunde? Ich kann hier helfen. Meine klaffende Wunde heißt deutsches Organisationsverhalten. Oder deutscher Ordnungswahn. Dimensionen sind hier sehr richtig, Herr Grass. Aber reicht die Vorstellungskraft wirklich aus, diese Dimensionen zu erahnen?

Ich war nämlich im Günter-Grass-Haus in Lübeck. Ich wollte erst nichts in dem Shop des Hauses kaufen wegen der NS-Vergangenheit des Künstlers. Ich stand eine Weile im Laden, haderte mit mir und sagte mir dann, dass es Unsinn sei, die Werke von Grass nur deswegen nicht zu lesen und zu kaufen. Gerade deswegen musste ich sie doch lesen.

Also kaufte ich mir ein Reclam-Heftchen mit ganz verschiedenen Texten des Künstlers. Ich unterstützte damit das Günter-Grass-Haus mit 3,10 Euro. Das fand ich vertretbar. Ein teures Buch hätte ich mir hier nicht kaufen wollen. Das ist eine der vielen Dimensionen, über die Herr Grass spricht. Die existiert in mir.

Mit einem furchtbar vereinfachenden Ansatz streifte ich durch das Haus auf der Suche nach dem Geiste des Deutschen Soldaten in Grass. Das ist eine weitere Dimension, die ich nicht einfach ablegen kann.

Richtig suspekt war und ist mir nur die Ratte, die er so oft gemalt hat, und die Nonnen neben den Ratten. Ich fragte mich ständig, wie ein Mensch sich so intensiv mit einer Ratte beschäftigen kann. Sicher sind sie klug, stark und faszinierend, aber doch auch abstoßend.

Zurück zu der offenen Wunde. Ich kann deutsche Organisation schwer ertragen. Die Situation, in der sie mir begegnet, ist ziemlich beliebig. Aber zu einer echten Prüfung meiner Beziehung wurde sie beim Umzug mit meinem Freund.

Transporter, Wagen, meine Kisten, meine Besitztümer, meine Bilder in den Händen deutscher Organisatoren war eine grenzwertige Erfahrung. Nur mit viel Schokolade, vielen SMS an meine Mutter und meine Schwester zu ertragen.

Dass meine Familie und seine Familie gemeinsam bei unserem Umzug geholfen hätten, wäre eine Horrorvorstellung für mich gewesen. Obwohl ich es kurz überlegte. Ich bin sicher, dass man gerade anlässlich eines solchen Umzugs eine gute Anekdote zur deutsch-jüdischen Beziehung hätte verfassen können. Meine eigene Beziehung war mir dann natürlich wichtiger als das deutsch-jüdische Umzugsexperiment.

Einige Male kam mir die Idee, das Ganze abzublasen, weil Marco ständig von einem System redete, mit dem er den Transporter ausräumen oder mit dem er die Kisten nach oben bringen wollte. Mein Drang zum Chaos und zum Durcheinanderbringen des Systems war an diesem Tag sehr groß, also hielt ich mich zurück.

Unsere unterschiedliche Einstellung zur Ordnung konnte man schon daran sehen, wie unsere Mütter gepackt hatten. Während meine zerbrechlichen Sachen in Kisten mit Handtüchern und Zeitungspapier getan wurden (nur das wirklich Zerbrechliche wurde extra in Papier gewickelt), war bei Marco jeder einzelne zerbrechliche Gegenstand vielfach eingepackt.

Einen wahren Schock erhielt ich beim Auspacken einer Flasche mit Flüssigzucker. Die Öffnung der Flasche war mit einem Gummizug und einem Zewa-Wisch-und-Weg-Tuch verbunden. Die ganze Flasche war mit Zeitungspapier eingepackt. Ich zählte fünf Schichten.

Das Ganze war dann noch mal in ein Handtuch gewickelt. Haben die Deutschen Angst vor dem freien Geist des Flüssigzuckers? Ich ging schnell wieder zu meiner Kiste, die meine Mutter gepackt hatte. Wie beruhigend ihr geordnetes Wecheinpacken für mich war.

Warum tust du dir das an, würden mich einige Freunde fragen. Weil die Liebe Dämme bricht, würde ich sagen. Weil die deutsche Organisation nur drei Tage unserer Beziehung belastet. Weil die Auseinandersetzung nie reibungslos ist. Mit den Worten meines Vertrauensdozenten, Professor Micha Brumlik, würde ich sagen: »Weil eine Verpflichtung zur Hoffnung gut wäre.«

Es fiel mir sogar schwer, vertraute Deutsche an meinem

Umzug zu beteiligen. Das ist meine Grenze – sie ist da, nicht bewusst und gewollt. Sie ergibt sich ganz natürlich in der Situation. Sie ergibt sich aus der Sprache, aus dem Verhalten, aus der latent vorhandenen Ordnungswut.

Das Zwingen von Sachgegenständen in eine Ordnung muss für sie sehr anstrengend sein. Und sehr wichtig. Ich habe für diese Wichtigkeit wenig übrig.

Schuld klingt so ausgleichbar, so rückzahlbar, so profan. Langsam begreift die Welt, dass der Genozid in den folgenden Generationen weiter wirkt.

Was ist mit den Nachkommen der Hitlerjungen, die von ihren Vätern und Großvätern zu harten Burschen herangezogen wurden? Zu arbeitswütigen, leistungsorientierten Menschen, die sich nur lieben können, wenn sie siegen – und das total. Was ist mit denen, die offiziell nicht traurig sein dürfen und niemals emotional?

Was ist mit denen, die einen berühren wollen, aber einen eher freundschaftlich schlagen, statt zu tätscheln.

Was ist mit den armen blinden Jungen, die gar nicht mit der Geschichte verbunden sind, weil sie mit den Opfern des Holocausts nichts zu tun haben. Die gar nicht wissen, dass das eigentliche Gift des Regimes auch bei ihnen noch fortwirkt, solange sie von Männern erzogen werden, die dieses Regime geliebt haben. Als ein Kamerad noch ein Kamerad war.

Was ist mit denen, die niemals mit der Familie spazieren gehen, sondern nur marschieren? Was ist mit denen, die funktionieren müssen, um sich selbst lieben zu können? Armes Deutschland, es wurde nur in kleinen Teilen befreit. Was bleibt nach so einer Katastrophe: Zwischenmenschlich kaputte Beziehungen. Auf beiden Seiten.

Kleines Glossar

a sach viele
a schlep eine Anstrengung
a soi so
a trenn in dreid einen Tritt, sodass er zu Boden ging
a wek weg
awade natürlich

bachele Bauch
balagan Durcheinander
bilkele Hörnchen
borst Bürste

chaie Tier
chilig egal
chipke schnell
denuchtem danach
dibik Teufel

efsche vielleicht
epes etwas

gan Park
ganev Gauner

hartz Herz
hintl Hund
hur Haare

iberkimen überleben
in dreid in die Erde

jam Meer
jekeland Deutschland
joiech Hühnersuppe

kinzn Faxen
koleschankes Freundinnen
koidem zuallererst
kose Ziege
kurvische verhurte

lekkatz Schmusekatze

majontek Vermögen
masch Salbe
matze dünner Brotfladen, der während des Pessachfestes gegessen wird

papiros Zigarette
pleizes Schultern
potz Primitivling

raiftl Endstück vom Brot

san welches bzw. sein
schil Schule, hier: Synagoge
schonkheit Schönheit
schuk Markt

seder Vorabend zum Pessachfest
staitl Dorf

tousch Tausch

tracht un tracht grübeln
tuches Hintern

zejn Zähne

Dieses Glossar enthält unter anderem auch hebräische und polnische Wörter, die ins Jiddische übernommen worden sind und keiner allgemeingültigen Orthografie unterliegen.

Die vier Fragen zu Pessach

Der oder die Jüngste der feiernden Familie fragt:

Warum ist dieser Abend anders als andere Abende? An allen Abenden essen wir entweder Brot oder Mazza, wieso essen wir heute nur Mazza?
Wir essen gemeinsam dieses ungesäuerte Brot, um uns daran zu erinnern, dass unsere Vorfahren in der Eile, mit der sie Ägypten verlassen mussten, nicht warten konnten, bis das Brot aufgegangen war, und es deshalb vom Ofen nahmen, als es noch flach war.

An allen Abenden essen wir alle möglichen Kräuter, warum essen wir heute nur bittere Kräuter?
Wir essen gemeinsam von den bitteren Kräutern, um uns daran zu erinnern, wie bitter das Schicksal von Menschen ist, die versklavt werden.

An allen anderen Abenden tunken wir gar nicht, warum heute zweimal?
Wir tunken zweimal während dieses Mahles: grüne Kräuter in Salzwasser, und Bitterkraut in Charoset (Apfelnusssalat). Einmal, um Tränen durch Dankbarkeit zu ersetzen, und das zweite Mal, um die Verbitterung und das Leid zu versüßen.

An allen anderen Abenden essen wir entweder sitzend oder angelehnt, an diesem Abend nur angelehnt?
Im Altertum durften nur die Freien angelehnt essen. Indem wir heute Abend angelehnt essen, machen wir uns bewusst, dass wir freie Menschen sind.

Dank

Abraham und Rywka Toper danke ich dafür, dass sie nicht aufgegeben haben zu lieben. Papa, da, wo ich bin, lebst Du weiter.

Marco, Dir danke ich, dass Du meinen Leidenschaftswahn mit diesem Buch täglich über zwei Jahre mitgetragen und mich dabei gestärkt hast. Judith und Roland, danke, dass Ihr an diesen Text geglaubt habt. Jeannette danke ich für ihr Verständnis und ihre Wärme bei der Auseinandersetzung mit meinen Gedanken. Meiner Tante Dr. Rosa Toper danke ich für die Gespräche bei der Entstehung des Textes. Meiner Oma, Martha Trzebiner, danke ich für ihre liebevolle Fürsorge auf dem Weg des Erwachsenwerdens.

Dr. Dieter Graumann danke ich für seine Stimme zu dem Buch. Ich kann mir keinen mutigeren Vertreter jüdischer Interessen in Deutschland vorstellen, der den gegenwärtigen Herausforderungen der jüdischen Welt so positiv und unerschrocken begegnet. Der Ernst Ludwig Ehrlich Stiftung, insbesondere Sophie Hoffmann und Johannes Frank, gilt mein Dank dafür, dass sie mich mit ihren anregenden Akademien über die jüdische Identität in Deutschland zu diesem Buch inspiriert haben. Besonders glücklich bin ich über Sophie Hoffmanns Korrekturen der jiddischen Textstellen. Charlotte Schultz danke ich für ihr Vertrauen. Professorin Atina Großmann danke ich dafür, dass ich durch sie das jiddische New York kennenlernen durfte. Dr. Frank Mecklenburg danke ich für einen wunderschönen Arbeitsplatz am Leo Baeck Institute.

Ich danke meiner Familie und meinen Freunden von ganzem Herzen – ihr habt mir viel Kraft beim Schreiben geschenkt.

Wenn Sie dieses Buch gern gelesen haben,
gefallen Ihnen vielleicht auch die folgenden Bücher:

Channah Trzebiner
Die Enkelin
oder Wie ich zu Pessach die vier Fragen nicht wusste

weissbooks.w

Neptunstrasse 20, CH-8032 Zürich
Telefon +41 44 283 20 00

Die erste Ausgabe dieses Werks erschien 2013 bei weissbooks.w

Umschlaggestaltung
Julia Borgwardt, borgwardt design
unter Verwendung eines Fotos von

Foto Channah Trzebiner

Satz
Sven Schrape

Druck und Bindung
CPI – Clausen & Bosse, Leck
Printed in Germany
Erste Auflage dieser Ausgabe 2020
ISBN 978-3-03924-002-9

Auch als E-Book erhältlich

www.weissbooks.com
info@weissbooks.com